離れ座敷で見る夢

宇津木　洋

鳥影社

離れ座敷で見る夢　目次

離れ座敷で見る夢

離れ座敷で見る夢

1

真夜中なのだろうか。寝ていてふと目が覚めると、屋根の上の方の空間で何やら鋭い音がしてそれが増幅して大きく鮮やかに響くので、恐ろしいような怪しいような気がしている。

上方の空で大型の鳥かと思われる鳴き声がクワー、クワー、クワーと響いて、そのあとにチチチチ……チチチ……と無数の小鳥の声がパチパチパチと花火がはじけるみたいに鮮やかに空中にばらまかれる感じ。それから稲光《いなびかり》がして一瞬部屋全体が照らし出される。まわりの空間が反響で満たされてめざましく鳴り渡る。黒く怪しい鳥影が千切れた紙切れみたいに空中で浮遊しながら舞うありさまが想像の中に浮かぶ。目覚めのときの夢うつつ状態の反映で音がこんなに大きく響くのだろうか。あるいはどこか遠い空間で生じた音が何かの原理で増幅されて、まるで近くで響くように鮮やかに聞こえるのだろうか？

ところでこのときぼくが寝ていた場所は故郷の家の離れ座敷なのだった。ベッドではなくて畳にじかに布団を敷いている。離れ座敷と母屋のあいだには通路があって、夜はその通路が暗い外気にさらされていた。離れ座敷にいることが底知れず怖いことのように感じられる。二部屋からなる粗末な座敷がすっかり闇に囲まれていて、外から浸透してくる正体不明の脅威に対してどうしようもなく無防備という印象である。

不気味なもの、得体のしれないものがひたひたと押し寄せてくる。といってもそれは同時に〈魅惑〉でもあるのだった。

「久しぶりに面白い夢を見たな」とぼくは考えた。「忘れないうちにぜひメモにしておかなくては……」

それからいつの間にかぼくは起きていて、同じその離れ座敷の部屋に人びとが集まっていた。祖父や母方の祖母や父や母や親戚の人たち（あとで考えると今はもうこの世にいない人たち）……天井には裸電球が灯っていて、電球の下にテーブルが置いてあって、それを囲んで人びとがソファーに腰かけている。

かと思うと、次には自分はまだ布団の中で寝ていた。これはおもしろい題材になる、とぼくは考えた。たしかに怪しく怖いような夢だったが、その怪しさ、怖さこそがまさに魅力的であり貴重でもあるのだ。稲妻があたりを照らし出し屋根の上で得体の知れない鳥の声が弾けるように飛び交う。屋根の下では今は亡き懐かしい人たちが集まっている。

どんなに印象的な夢でもいったん忘却の淵に沈んでしまうと、再び思い出すことができないものになってしまう。今見たばかりの夢をまだ思い出せるだろうかと記憶の糸をたぐり寄せるうちにふと気づいた。自分の寝ている場所は「離れ座敷」ではない。間借りしているお寺の屋根裏部屋で、窓からいろんな種類の木々やつる草が見える部屋だ。昨夜はなかなか寝つかれなかった。ようやく眠りについたのは何時だっただろうか？　朝は授業に出るために八時に起きなければならない、目覚まし時計をかけたから大丈夫のはず……と思ったあと、目がパッと開いて、今自分が寝ている場所がわかった。故郷の家のベッドの中だ。いつものむさくるしい部屋。ゴタゴタといろんなものが散乱した床面、汚れたカーテン……。自分はもう若くはなくとっくに老年の域に達している。そうだ、先ほど朝の十時半ころまで、パソコンに向かって起きていた。すると今はもう昼か。あるいは午後一時をまわっているかもしれない。

裏の離れ座敷はというと、十年ほど前に地震で相当な損傷を受けて、取り壊してしまった。今はもうそこで寝ることなどできないのである。

2

小学生のころにはまだその離れ座敷は存在していなかった。その場所にニワトリ小屋があった。竹で編んだ粗末な囲いの中にニワトリが六、七羽いた。母はとれたての卵を何個か手のひらにのせ、子どもたちに差し出して、「ほらさわってみい。まだ温《ぬく》いよ」といった。思うにニワトリたちのエサはコメヌカだったのだろうか？　ワラや雑草を刻んで混ぜていたかもしれない。今はもうよく思い出せないけれども。

そう、思い出した。たしか卵の殻になるといって、貝殻を石かカナヅチで細かく打ちくだいて食べさせていた。サザエやホラガイもあった。ときに淡水の池でとれるカラスガイもあったような気がする。当時あんな貝殻をどこから手に入れていたのだろうか？

そういえばあのころ一時期家で犬を飼っていた。犬は貧相な雑種だったが、人なつこくて、ぼくが外から帰ってくるとワンワンと吠えながらうれしそうに飛びかかってきた。

猫を飼っていたこともあった。黒い毛の猫で、親が知り合いの誰かからもらってきたのだ。猫は子猫のころがとりわけかわいい。ごく幼い猫でも身体を持ち上げて逆さにして落とすと、くるりと見事に宙返りして着地する。ヒモを見せてからかうと、前足をチョロッと出してヒモを捕まえようとする。ヒモを引っ込めるとすばやく追いかけてくる。その様子がとてもおかしくかわいいので、子どもたちはよくそんなことをして猫をからかったものだ。そんな猫も年をとっておとなになると、ヒモにも素知らぬ顔で、反応しなくなる。

さらに思い出されるのは、あのころ一時期わが家で飼った動物に、ウサギ、ヤギ、アヒルなどがあった。

ウサギは狭い小さな小屋に押し込められて、草などを食べて、黒くて小さなマルいフンをした。ヤギはおっぱいが大きくて、ぼくは乳しぼり役に割り当てられた。ヤギの乳は牛乳とはちがったコクがあっておいしかったという記憶がある。ヤギのフンはウサギのそれに似て黒く小さくてマルかった。アヒルはニワトリとよく似た卵を産んだ。その卵はニワトリよりも少し大ぶりで、味はニワトリよりちょっと落ちるという評判だった。

最近ラジオの番組で「アイガモ農法」の話を聞いた。ネットで調べると、「アヒル農法」もあるらしく、アヒルはアイガモより温和で「稲まで荒らしてしまう」ようなこともないのだとか。アヒルを使って水田の除草・除虫をする、そんな農法があのころ一時期推奨されたのだろうか。あるいは父は若い頃アジアの戦地で過ごした経験があるから、アジアのどこかでアヒルを水田に放す光景を見たのかもしれないなどと想像がふくらんでいく。

思えば、長い年月をいっしょに過ごした家族でも、過去にどんな経験をしてきたか、われわれはほとんど何もしらないのだ。現に自分自身だって子どもたちに自分の過去について話すことはまったくといってもいいほどなかったのだ。

雑草と害虫は農家の人びとを苦しませる大変やっかいな存在で、古来人びとはそのために相当な苦労を強いられてきた。〈害虫〉はというと夏にはイナゴやウンカ、ニカメイチュウなどというのがウヨウヨいた。夕方など田んぼの道を歩くと、小さな羽虫が無数に群れて顔の周りを飛び回ったものだ。夜は灯りに吸い寄せられて、小虫が窓から入ってきて、電灯の周りを舞った。カナブンやカブトムシやクワガタムシもしばしば舞い込んできた。

ある時期わが家に〈草取り〉という新種の農機具が登場した。田植えが終わってしばらくたった広い水田の中を端から順にその機具をついてまわるのだ。円筒形にギザギザがついたような先端部が回転しながら泥をかき混ぜて除草する。それ以前は直接手でひとつひとつ草を抜きとっていたようだった。

三羽か四羽いたかと思われるアヒルたちは通常ニワトリといっしょの小屋で暮らしていた。あるとき小屋から出されて、田んぼの脇の小さな水たまりに浮かんでいるのが見られた。今にして思うと、アヒルたちは水田の稲のあいだを泳ぎ回って〈ひと仕事〉したのではなかったか。

アヒルたちがいっとき浮かんでいた水たまりは、上流から流れてくる水を溜め込むようにつくられた場所で、そこで親たちは農機具を洗ったりした。そこには淡水に生息するいろんな生物たちがいた。ある日そこにドジョウがたくさん群れていることに気づいて、ぼくは急いで家から魚取り網と飯ごうをとってきた。網ですくうごとに一度に大小何匹ものドジョウが入ってきた。泥にもぐっているのもたくさんいて、飯ごうはたちまちドジョウでにぎわった。数えてみると大小合わせて百匹以上もあった。ぼくはちょっと得意になって父にそれを見せた。

あのころは川でコブナやドジョウは簡単にとれたが、これほど一度にとれたことはなかった。ドジョウの大きいのは串に刺して焼いて食べ、それはそれでおいしかった。一度にたくさんとれたときにはドジョウ汁にしたり、ご飯といっしょに炊き込んで〈おじや〉にしたりした。カマドの上の大きな鍋を熱して生きたままのドジョウを放り込むのだ。ドジョウたちは熱さに苦しんで勢いよくはねまわる。ドジョウ汁は独特の味わいがあって、親たちは美味《おい》しいといっていたが、大きいドジョウが混じっている場合、その骨の歯ざわりにぼくは何となく食べにくい感触を感じた。

もっと以前、家族で山へ木を切り出しに行ったときなど、父は木の枝を組んで飯ごうをぶらさげ、その下に置いた燃料の葉っぱや木の枝に火をつけて飯を炊いてくれた。食事に使うオハシは、父が笹を切って作ってくれた。便意が生じると、山の中の適所で排便して木の葉っぱで尻を拭くことを教えてくれた。子どもたちにはそうしたことが珍しくて楽しい体験だった。

ある時期小川で魚取りをするとき、ぼくは魚を入れる容器としていつも〈飯ごう〉を携帯した。それはいつか父がくれたもので、もとはたぶんアジアの戦地で使った父の思い出の用具の一つであったのだといまぼくは思う。

アヒルがわが家にいた期間は長くなかった。一年かせいぜい二年だっただろう。期待したほど効果が得られなかったのだろうか。

いずれにしてもすぐあとに、水田一面にホリドールなどという劇毒の殺虫剤を散布する時代がきた。これはムシを殺す効果抜群だったが、人や家畜にも害を与えたようだ。その結果、田や周辺の草むらや小川から、生命ある小さなものたちが次第に減っていった。

記憶に残るのはタニシのことだ。子どものころ水を張った田んぼには、ゲコゲコ、ゲロゲロと口うるさくまた心懐かしく鳴くカエルをはじめいろんな小動物たちが棲息していた。そんな中にタニシもあった。カタツムリに似たゼンマイを巻いた丸い貝で、田んぼの水の中にたくさんいて、道端からでも簡単にいくらでもとれ、ある時節には毎日の食卓に供せられた。鍋で貝を茹《ゆ》でてキリや釘を使って〈身〉を取り出し、それに味つけをして食べるのだ。味噌であえたものがとりわけぼくの大好物だった。今も田んぼにタニシはいるようだけれども、もう食べることはできないだろう。

わが家では牛も飼っていた。牛は農家では欠かせないものだった。父の命令で、牛に田んぼの畦の草を食わせながら運動させるよういわれたことがあった。牛は二本の角をもっていて荒っぽいところもある大型動物で、ひどく怖くて不安だった。牛には鼻輪がはめられていて、手綱を引けばおとなしく従うと教えられ、大丈夫だということがわかった。

3

あのころ父は田んぼを耕すのに牛を使っていた。手綱でビシッと牛の身体を打ったり声を荒げたりしながら、スキやシロカキなど、たくみに機具をひかせて耕すのだ。どこの農家でもあたりまえのことだったが、あんな作業はぼくにはとてもできないと思われた。当時は肥料も下肥を使っていて、父は家の便所の肥だめから柄杓《ひしゃく》でくみ取った糞尿で二つの肥桶（コエンタンゴ）を満たし、てんびん棒で前と後ろにかついで、何度も何度も田んぼに運んでいたものだった。

近所の人からきいた話では、昔ははるばる遠くの町まで荷車をひいて下肥をもらいにいったという。あんなシンドイことようやったもんや。今ならとてもでけらん。むかしの人は今では考えられんようなエライめえしてきたんや。バスがなかった時代には、弁当もちで一日がかりではるか遠くまで歩いていった。それだけ時代がのんびりしとったんやなあ。

そういえば、まだガスも電気釜もなく、土製のカマドに大きな鍋や釜をかけて、ご飯やおかずをたき、風呂も井戸水を鶴瓶《つるべ》で汲んで何度もバケツで運んだ。ツルベはやがて手動式のポンプに代わった。燃料はタキギやマキで、冬期に山へ入って一年分の燃料を切り出してきた。

父と二人で山へ行った記憶がある。父は雑木をきり枝を束ねてシバにした。幹は大きい断片に切り分けて、束ねて何度にも分けて坂道を引いて降ろす。峠まで降ろしてくると、そこからカチ車に乗せて家まで引いて帰る。太い幹の部分はそのまま保管しておいて必要の都度ノコギリで切断しヨキ（斧）で割ってワリキにするのだ。マキワリもよくさせられた。あのころはどこでもそんな生活だった。

あるときわが家に足踏み式の脱穀機が登場した。足で踏んで機械を回転させると、ウーウーウーとサイレンを鳴らすみたいなけたたましい音がした。乾燥させた稲束をしごいて稲モミを足り出す機械。取り出されたモミはモミフゴと呼ばれる大きな袋に入れられた。モミを取り去った稲ワラは田んぼのなかにワラグロ（ワラ塚）を組んで保存した。ワラがあるていど乾くと小さな束を大きな束にたばねて家にもちかえり保管する。ワラは貴重な万能材で、ナワを編んだり牛の飼料にしたりものを結わえたりと、いろんな用途に使われた。

モミフゴの〈フゴ〉は、いったいどんな字を書くのだろうかとネットで調べてみると、フゴは〈畚〉に似た漢字があてられていて、〈竹・わら・縄などで網状に編み、四すみにつりひもをつけ、物を入れて運ぶ用具。もっこ〉とあった。なるほどいろんなフゴがあったのだ。たしかモミフゴは縄で編まれていた。ずんぐりした円筒形で、把手が二か所あった。

稲は刈りとったあとワラで結わえて小さな稲束にした。田んぼのあちこち全面に稲掛けを立てて、稲束を掛けた。ナルと呼ばれる太く長い棒を水平にして両端を二つのアシ(足)で支えて、稲掛けを組み立てる。アシはいわゆる三脚、三本の細い棒を縄でくくったものだ。ナル一本にアシ二対が組み合わさったものを、たしかウマと呼んでいた。今から思うと廃れた古い方式であるけれど、当時は最新のやり方だったのにちがいない。

脱穀作業のとき、父は、たくさんの稲束が掛かっているナルを肩に担って脱穀機のところまで運んできて、どさりと投げ出した。それは当時どこの農家でも男たちが行っていた作業だったが、ぼくにはとても真似のできない大変な仕事のように思われた。

脱穀の結果得られた稲モミは、トミ（唐箕）と呼ばれる機械で不純物を取り除いたあと、モミスリに出されることになる。モミスリは、稲モミからモミ皮を取り除いて玄米を取り出す作業で、これには専用の機械がいるので、各農家は専用機械をもっている人にモミスリを依頼していた。そのようにして得られた玄米は俵《たわら》（のちには紙製の袋）に入れられ、供出米として農協へ出荷される。自宅で食べる分は倉庫に保管しておいて、必要に応じて近所の精米所にもっていって、ヌカ部分を取り除いて白米にしてもらう。米ヌカは牛などの餌や漬物を漬けるのに使われた。

近所の家では、発動機を使った大型の脱穀機を導入していた。発動機と脱穀機のあいだに大仰なベルトをはめてまわす。発動機はバタバタと派手な音をたてた。

そのうちに田を耕すために耕運機が普及するようになって、やがて牛がいらなくなった。その後さらに田植えをする機械や、稲を刈り取りながら脱穀までしてくれる機械など、次々と便利なものができて、農業のありさまが大きく変わっていった。わが家では耕運機の段階で終わったようだが、多くの農家では、高価な機械を買いそろえ、便利さを享受しながら、農業だけでは採算がとれない時代に入っていった。採算が合わないからといって昔から伝わる農地を手放すことはなかなかできることではない。いずれにしても儲けにならない農業は若い人たちをひきつける魅力がなく、農家の担い手は高齢化するばかり。耕していない歯抜けの農地が年を追うごとに増えていく。

日常生活では、洗濯機や掃除機、電話機、扇風機、さらには自動車、湯沸かし器、エアコン、電子レンジ、水洗トイレ、パソコン……いったん使い始めるともうもとにもどれない便利な品々が次々普及。ひと昔前には各家でそんな贅沢なものが買えるとはとても思えなかった。それだけ家庭の所得が増え、消費が旺盛になり、時代が豊かになったというわけなのだろう。

裏の離れ座敷ができたのは、中学に上がる少し前くらいだったと思う。大工さんがきて材木にカンナをかけたりチョンナをかけたり、ノコギリでひいたりしていた。建物がひととおりできたあと、部屋の壁土を塗る作業は父が自分で行なった。竹をナワで編んで壁をつくり、コテで粘土（壁土）を塗りこめる。その作業をぼくも手伝わされた。父が水でねって用意した粘土をスコップでぼくがすくいあげると、父がコテ板で受けて壁に塗る。竹や粘土はどこからもってきたのだろうか。ぼくにとって父はいつも怖いところのある存在だった。腹をたてると乱暴にどなるのだ。

離れ座敷ができて何年もたったあとのことだったと思うが、電気釜とガスコンロが入ったことにより、カマドやシチリンで煮炊きする時代は終わった。子どものころ竈《かまど》はたしかオクドサンと呼ばれていた。不要になって消えたカマドのあとを改装して広い土間の部屋が一つできた。大工さんはそこに置く大きな食卓机をつくってくれた。重いがっちりしたテーブルで引き出しもついていて、椅子で座れた。それまではゴザを敷いた板の間で座卓を囲んで食事をしていた。その後さらに風呂もガスでわかすようになった。そういえばずっと以前は飲料水も井戸からツルベで汲み上げていた。やがてポンプで汲み上げるようになり、それから市の水道がひかれて、蛇口をひねるだけで水が出るようになった。

こんな古いことをいちいち細かに並べたてるのは、子どものころから今まで、時代が大きく変わってきたという事実に、今さらながら説明しようのない驚きを感じるからだ。

それは時代の大きな移り変わりの一環であったにちがいないのだが、他方でそれを経験してきたぼくには、〈とても信じられない〉〈理解しようもない〉事実のように感じられるのである。

いったいこれはどうしたことだろうか、何ごとが起こったのだろうか、という思いを禁じえないのだ。とくに最近になってそんな思いがぼくの中にくりかえし去来して、そのことをもっともっと心底まで明確に認識して納得したいというような思いがあるのだ。こうした事態のもつ意味を底の底まで知りたい。

最近インターネットのブログでこんな記事を見かけた。

《座ったまま、寝たままで気軽にチャンネル変更！　もうリモコン生活から抜けだせません！……しかし、ここで問題なのはリモコンの多さです。それを解決してくれるのが〈学習リモコン〉です。ネットのサイトで三〇二四円。ちょっと高いけれどそれだけの価値はあります☆　部屋に散らかるリモコン七個。テレビ、ブルーレイレコーダー、ステレオのアンプ、プロジェクター、スクリーン、照明器具、それにクーラー。〈学習リモコン〉を使うと、あれだけたくさんあったリモコンがこれ一つに収まってしまいます。ものすごい便利でありますー！》

ラジオ放送が白黒テレビになり、それがやがてカラーテレビになったのはいつのことだったか。やがてリモコンなるものが考案されて、離れた場所から寝ころんだままテレビのチャンネルを切り替えたり音量を調節したりできる時代が到来。これは便利と人びとが話題にしていた。つむじ曲がりのぼくは「ふふん！」と鼻で笑ったものだった。何もそこまで便利さに頼らなくても、チャンネルを切り替えるくらい自分でやらなくっちゃ。……

そんなぼくも今や日常的にリモコンの厄介になっていて、リモコンが行方不明になるたびに、パニックになって探し回る始末なのだ。

4

ぼくが高校を卒業するころから母は心臓弁膜症で苦しむようになった。道を歩くだけでもあえぎながら何度も立ちどまって休まなければならないありさまだった。トイレへ行く途中でも、心臓がしめつけられて動けなくなってしまうのだ。

大学に進んで冬休みに帰省したあの冬、母は〈貝切り〉の内職をしていた。苦しそうにあえぎながら貝の入ったバケツを下げた母の姿を見かけたものだ。昔カマドのあった土間の片隅に白い布を張って仕切った一角があって、中に小型の機械が据わっていた。機械の前に腰かけて母は貝ボタンを切った。それを見るととても痛々しくて、何とも〈複雑な思い〉を感じた。それでいてぼくは少しも母の仕事を手助けしようとしなかった。そんな母を目にするのがとても〈いや〉だった。重い病の身で母がさらに身体を傷めることをするのに腹がたった。といってやめろともいえない。〈いやな思い〉の中には、母を助けるために何もしないでただ見ているだけの自分を卑怯だと感じる思いも混じっていたにちがいない。

正月二日の朝、小学校時代からの同級生のタケヒコ君から電話がかかってきた。電話は母がとって、ぼくに引きつがれた。タケヒコ君はわが家の遠い親戚にあたり、小学校も中学校も高校も同学年で、今は同じように進学して都会に出ていて、冬休みに家に帰っていたのだ。彼は性格が明るくて楽天的、何にでももの怖じせず積極的にチャレンジするたちで、小さいころからぼくは母に何度もいわれたものだった。

「タケちゃんみたいに朗らかで積極的な性格になりよ」

タケヒコ君は運転免許をとって中古の車を買った。その日の電話は「ドライブに行かないか」という誘いだった。

「気いつけよ。タケちゃんの運転は怪しいよって」と母はいった。「あまり遠くまで行かれん」

ぼくは母に対して意地悪な反抗心に駆られた。

「事故にあおうとあうまいとそんなことどうなるかわからん。事故におうたらそれはそれでしょうがない。確率は小さいとしても」

どういうわけか理不尽なことにいつも母に対してこうなってしまうのだ。それに対して母が怒ったように返す言葉を聞くのがおもしろかった。はたして予期したとおりに母はいった。

「あんなこというて。もし死んだらどないするのよ」

「死んだってええでえか。死ぬか死ねへんかは偶然のことでどうなるかわかれへん。注意しとっても死ぬときは死ぬんや」

「あんなこといわ」と母はあきれたように心配そうにいう。「気いつけてよ。もう行かれん。やめとき」

こんなふうにいう母の気持ちが手に取るようにわかるので、それを聞くのがなぜかとても楽しいのである！

死んだっていいといったのは、もちろん本心ではなくただ口先のこと。一つには母への奇妙な意地悪ごころもあったが、思いやり心も混じっていたのだ。

もし実際にぼくに不幸があったならば母は自身のために悲しむだろうが、ぼくが自分の死をそれほど嫌っていなかったことを思い出して、少しだけでも気が楽になるのではないか。……母の気持ちがわかっていない愚かな息子のえて勝手な思わくである……

死んだっていいというとき、ぼくはその言葉を冷たく見つめながら、これは本心とはちがうことをいっていると意識していた。母が心配してくれることを予測して、わざわざ心配させるのは、悪質で罪深いいたずらではないだろうか？

近所で一人暮らしをしている祖母がきて、母と三人で話した。

母はいつもしきりに自分の心配や腹立ちを口うるさく並べたてる。自分の母親である祖母に対しては、彼女は少しも遠慮がない。母の話はじめじめとして憐れっぽくて、それをきくのがぼくはとてもいやだ。その点、祖母は長年一人身の生活に耐えてきたせいか、もともと無口で地味な性分ということもあってか、好ましい気がするのだ。

　三人でいるといつもきまってぼくのことが話題になる。彼女たちにとってぼくは大いに問題があるというところだ。

　ぼくはというと自分のことが話にのぼることを待ち構えているのだ。ひねくれたことをいって、彼女たちを困らせるのがなぜか楽しくてならないのである。理屈をこねる年代になってから、ぼくは世間に対して妙に偏屈に反発するようになっていった。といってもそんな偏屈な思いを率直にいえる相手は世の中に祖母と母だけだっただろう。彼女たちに対してはなぜかそんな偏ったひどいことがいえるのだった。

「家計が苦しいよってに兄ちゃん（＝ぼく）は学校をやめるなんていう」と母。

「学校をやめるのは家計のせいではなく学校がつまらんからや」とぼく。

やめるといっても、それは本心ではなく、単に「事情によってはやめてもいい。もちろん自分からやめたりしないけれど……」という意味なのだった。

「兄ちゃんがしっかりせんからお母ちゃんがもだえとる」と祖母が真剣な口調で説教する。

「お母ちゃんがこんなに病気で苦しんどっても何とも思わんのか。卒業したらお金をもうけて親を助けてやろと思わんのか」

日頃娘からさんざ苦情を聞かされているので、それを少しでも和らげたいという思いが祖母を動かしているのだ。

祖母にいわれてみるとまったくそのとおりだった。けれどもぼくがまたつむじ曲がりの屁理屈をこねて反抗するだろうということは、祖母にも母にもよくわかっているのだ。

「ぼくはお金などいらない。生きていくためにお金もうけはするけれども、そのために自分がしたいと思う大事なことができらんようになったら困る」

こんなことをいったら、もちろん祖母は怒るに決まっている。けれどもそれをきくのがまた愉快でならないのだ。ぼくはわざと大げさにいって自分を押し通そうとする。祖母の言葉に刺激されて、ある境地を感じるのだ。孤独で貧しくてうらぶれて、しがない下宿の部屋ですごして、それから貧しくても放浪の旅をして、疲れはててさまよいながら生涯を生きていく……

「そんなことというたらよその人が笑わ」と祖母。「世間の人はみな誰もお金もうけに一生懸命になっとるのに。そんなことというとったら末は乞食をせんなんようになる」

「乞食をしたってええんや」とへらず口のぼく。「世間の人たちはぼくが将来お金もうけすると思うのやろうか。お金をたくさんもうけたら感心してほめそやし、お金をもうけられなかったらあざ笑うのやろうか。そんなことで褒められたり貶されたりするのはとてもいやや」

「それは偏屈いうもんよ」これぞ決め手とばかりに祖母はいう。「偏屈とはそういうもんよ」

それをきくと得たりやおうとばかりにぼくはいうのだ。

「うん、そう。ぼくは偏屈や。普通ではなく変わっとるのや。変わっとることが大事なことなんや」

「つらいことやなあ。あんなことばあ（ばかり）いうて。ほんまにこの子は将来どうなるんやろ」

祖母はぼくの将来のことを心配し憂慮してくれているのだ。そうとわかっているのに、ぼくは罪なことに祖母や母を悲しませることしかいわないのだ。

「そんなことばあいうて。嘘でもええから一度親を喜ばすことをいうてよ」と母はいった。

「嘘でもええよってに、一度だけでも親をよろこばしてえな」

これはまた別の日のこと。朝から空が曇っていて凍てつく一日だった。風がガラス窓や戸を震わせた。あのころの家は、すきま風も入るし建具がガタガタ鳴るし、自然が家の中のすぐそこまで入り込んでいた。ぼくは昼までぬくぬく布団にくるまっていた。いつもなら母はぼくがだらしなく昼まで寝ることに口やかましく、しきりに起こしにきた。ぼくは母の小言を聞き流してなかなか起きようとしない。あまりうるさくいわれると腹を立てつつも仕方なく起きるのだった。

この日はぼくがダラダラ寝ていても珍しく母は怒らず、ようやく昼に起こしにきて、母と二人で昼食を食べた。

食事がいちばんうれしくぼくを喜ばせる！　お米のご飯はとてもおいしい！　気に入ったおかずがあればなおさらにいい！

昼食後、円形の火鉢を中に挟んで母と向き合っていた。

母が身体を無理して顔を紫色に腫れあがらせて、髪もばさばさで白髪が混じっているのを見るのはつらい。ぼくは下宿のこと、ときどきお世話になる親戚（母の従弟であるオオモリ先生）のことなどをしゃべったという気がする。といってもしゃべるのは母の方で、ぼくは母の質問に答えるだけ。母の前ではぼくは気軽でほとんど何の気兼ねもいらない。

昔の話を母から聞きたかった。しかし、自分からたずねるのは何となくいやだった。

「下宿で何しとるの？」と母はたずねた。

「何もしとらん。どこへも出かけらん」

「勉強ばかりしとるの？」

「勉強やことせえへん。友だちがおらんから遊ぶこともない」

「家庭教師はやっとるん？」

そのころちょうど相手の都合で家庭教師をやめていた。そのうちまた別の口を探すつもりだった。

「やっとる」とぼくは答えた。「前のはやめた。こんど新しいのをやっとる」

「あかんなあ」と母。「兄ちゃんは性格が暗うて陰にこもる性分やから嫌われるんやで。モリタニの子なんか見てごらん。高校を卒業して銀行に勤めながら、家でそろばん塾をやって五十人もの子どもにそろばんを教えとるんやで」

モリタニの子というのは同級生の女の子で、中学生のころ彼女に秘かに心ときめく思いを寄せたことがあった。彼女の母親はぼくの母と女学生時代の同級で、母はモリタニ家へよく遊びに行っていた。

「兄ちゃんはあけへん。生徒に対してムツカシイ顔しとるのとちがうか。子どもに嫌われるのやで」

昔から母はぼくにそれを言い続けてきた。ぼくの将来が心配であるとともに、歯がゆい思いをおさえられないのだ。その言葉が的確にぼくの欠点をいいあてていることをぼく自身いやというほど知っていた。知っていたとしても、それでどうなるというものではなかった。

ぼくは何かいいたかったが、何もいわないでおさえた。

「お金もうけはそこそこでもええんよ」と母はいった。「それよりも……」

母のことばの端々から、母はぼくの将来に期待している、何らかの形で人から感心されるような人間になってほしいと願っている、ということがわかるのだ。今母自身、不満と苦しみの中でずっと耐えているから、それだけ何か嬉しいことへと通じる抜け道を想像して心慰められる必要があったのだ。

「タケちゃんの家のおばあちゃんが」と母はいった。「孫のタケちゃんも弟もみなカミ（都会）へ出ていきたがるいうて、さびしがっとる。お寺の子も、上のヒロちゃんはM大学を卒業して東京でミンコー電機に就職した」さらに母はつづける。「弟のヨシヒコちゃんも東京の大学に入ったから将来帰ってくるかどうかわかれへん。親もおじいちゃんもさびしいいうとるやて」

「うん……」

しばらく間をおいてさらにしみじみした感じで母はいう。

「こうしていっしょに暮らせたらええんやけどなあ」

これは母の心からの実感であるにちがいない。

ここでもぼくは母に対して理不尽で罪深くもある冷たいことばをいうことになった。一般論のつもりで必ずしも本気というのではなく、子どもらしい意地悪ごころも混じっていた。

「子どもはできるだけ自由に飛び立たせて親に縛られることがないようにしてやるべきやと思う」

母はしばらく考え込んだあとしんみりした口調でいった。

「だれも家に残ったりせえへん。それがあたりまえやなあ。残ったって何もあれへんもん」

「子どもは家から出て自分のしたいことをせんとあかんのや」

「そうやなあ」

この日ぼくらの話は楽しく穏やかで、打ち解けてしみじみした感じだった。

昼食のあと母は貝ぼたんを切る予定だったのに、つい話し込んで、火鉢を囲む席からなかなか立ちあがらなかった。母が立とうとする気配をみせると、ぼくはとてもさびしい気がした。もっと話していたい。……話しても何にもならないことだけれども、母から昔の話を聞き出したかった。

「もう何時？」ようやく母は立ち上がってたずねた。

「三時」昔ながらの振り子時計を見ながらぼくは答えた。

「ええ？　もうそんな時間？」と母は驚嘆する。

その日夕食前にぼくは母にいった。「七日に下宿へもどる」

「ええ？　十日までおり。そんなこといわんと」と母は悲しそうに言った。別れるのがつらいのだ。そんな母の気持ちをぼくは充分に深刻に感じることができなかった。早く故郷を離れ、都会の孤独な部屋へ帰って、自分のしたいことの続きをつづけたかった。夕食前に家族と話すのは冗談なども混じってたのしい。まだご飯ができていないので、妹と火鉢で餅を焼いて食べた。


一月七日の日、いよいよぼくが母の住む家をあとにするとき、いつものとおり母はバス停まで送っていくといった。

前の帰省のときまでなら、病身の母がバス停まで見送るというのが心配で、ぼくはその必要はないと強情に反対して、それでもなお送って行くという母に不快感もあらわに顔をしかめたりした。高校時代の終わりころから反抗期というのだろうか、母をはげしく嫌悪するような気持ちがしばしばぼくを突き動かすようになっていて、それはひどいものだった。このたびは比較的そういうことが穏やかになっていて、母のいうままに二人でバス停までゆっくりゆっくりと歩いた。停留所のベンチに座ってからもぼくらはぼそぼそと話した。バスが来るとぼくは立ち上がる。母はどうすることもできない。次に会える日はいつになるか、いつでも気が向いたらまた帰っておいで、いつでもええよ、待っているから、と母はいった。バスの中から道ばたにたたずみこちらを見る母を見て、手をひとふりしてみせた。母はただ呆然と言う感じでこちらを見ていた。

それから二か月あまりすぎて、〈ハハキトク〉の電報がきた。いろいろ事情があって、帰るのをなんとなくためらってグズグズしてから故郷に帰ると、母はもう亡き人となっていた。

そのあとしばらくのあいだ、故郷から遠く離れた都会の下宿の部屋でぼくは何度も母の夢を見た。

ぼくは宗教団体の集会場か教会といったところで、人びとに混じって、念仏かあるいは呪文をとなえながら手を合わせて拝んでいた。いっしょにいた若い信者がぼくにいった。

「おまえは信者ではない。信者でないものに用はない。帰れ」

それからぼくはいつのまにか母と二人で暗い部屋で向き合って座っていた。髪が乱れて顔が紫色に腫れ上がった母をろうそくの光のなかに見つめていた。嵐の中の山小屋か洞窟という感じ。暗い中でろうそくが灯っていて、異様な印象だった。

そのうちにいつしかふとぼくは明るさを感じた。朝がきたのだ。ぼくは何度も目が覚めそうになって、覚めたかと思うと、それもまた夢の中だと知るのだった。

あるいはこんな夢もあった。離れ座敷で家族のものが寝ようとして布団に入るとき、その中に母もいた。妹は母にすがりついていた。ぼくはいった。

「いけない。お母ちゃんは死んでいる……」


さらにこんな夢もあった。

ぼくらはどこかよその家にきている。そこには妹や母もいて、そのうち母は先に帰るといって、座っていた折りたたみ式の椅子をたたんで、それをかかえてその家を出た。

ぼくと妹は帰りに会館のようなところに寄る。会館は奥に向かって細長くつづいていて、奥のほうまでいくと火の見やぐらのようなものが上に伸びていた。それをよじ登っていくと、上に部屋があって、部屋からさらに長い廊下が続いていた。渡り廊下になっていて、別棟に通じているのだ。妹といっしょに廊下を歩いて行った。するとまた部屋があって、そこに椅子が置いてあったので、ぼくは腰かけた。ここで待っていよう。しかし妹はさらに奥の方へ母を探しに行った。しばらくしてぼくも立ち上がった。次の部屋に入ると、昔の同級生たちの顔がずらりと見られた。おや、同窓会なのだろうか。

それからぼくは妹と二人で家に帰っていった。家に着くと妹は窓から家の中をのぞいて、「お母ちゃん、帰っとる?」といった。中に紛れもない母の姿があった。母は台所でいそいそと楽しそうに料理をつくっていた……

5

このところパソコンを起動すると、まず目に入ってくるのがデスクトップの背景画像だ。それは数年前にデジカメで撮ってパソコンに保存してあった写真で、先日それをデスクトップに張りつけてみたのだ。山と丘が日に照り映えて輝いている。それを目にすることには強い喜びがある。

画面の中央上方に、薄青色の空を背景に突き出ているのは、故郷の霊峰先山で、その左右に少し低い峰が続いている。これらの山は遠いので黒っぽく霞んで見えるが、それでも光と影のマダラ模様を描いているのがわかる。黒い影は谷であり、明るい部分は尾根である。頂上に高い樹木が繁っている。そこには千光寺という由緒ある寺がある。

画面を大きくななめに横切る形で、手前右側に写っている丘は、明るく濃い緑色の樹木群と薄黄色の竹藪群とが混じって入り乱れている。この丘はわが家のすぐ裏手にあって、ずっと近いために明瞭な像を結んでいて、とりわけ視覚的な喜びの源泉となっているのだ。

いろんな植物が生い茂る田舎の小高い丘の姿は昔からぼくの心にある効果を呼び覚ますようだ。それは怪獣の姿を思い起こさせる。あるいはシンフォニーを聴くときの効果と似ているかもしれない。何かしら喜びに満ちたものが、あるいは得たいのしれない怪しいものが、もくもくと地から湧き起こるような、といってもいいだろうか。

丘のすぐ手前に農家の建物が二軒見える。わが家と同じ隣保に属する家で、誰が住んでいるのか昔からよく知っている。それらの家の前を通っていく小さな坂道が写真に写っている。小学生のころ夏休みになると毎日のようにこの道を通って丘に分け入り、クワガタムシ（ゲンジと呼ばれていた）やカブトムシやセミを追い回したものだ。ゲンジやカブトのいる木、クマゼミのいる木、アブラゼミのいる林などがあった。夢中で追い求めていたそんなセミやクワガタ以外にも、途中いろんな種類のトンボやチョウチョを見かけたものだ。糸トンボとか三味線《しゃみせん》トンボとか、それに何と呼べばいいのか、とても小さくてきれいな色のチョウチョがいろいろいた。

あるとき池の縁で見たことのない変わったトンボを見つけ深く魅せられた。大きさはシオカラよりも小さめで、たぶんコシアキトンボというのではなかったかと思う。水をたたえた池の周辺などにいて、ネットで調べると「腰空蜻蛉」と書くようだ。色は黒白まだら、頭、胸、しっぽが黒、腰の部分が白で、「腰があいている」というところから名づけられたのだろうか。しっぽがシオカラなど普通のトンボに比べて短いのが特徴で、ヒラヒラ、ヒラヒラと不規則な感じで飛ぶ。あるときはじめてそれを見つけてぜひ捕らえたいと思った。ところが捕まりそうでなかなか捕まらない。たまに池に突き出たアシの先などに止まっているのに向かって、こちらの気配を隠して近づき、ムシトリ網をそっと近づけると、そいつは敏感に察してヒラヒラ、ヒラヒラと網をかいくぐって、離れた場所へ去ってしまうのだ。

そういうことが何度かあったあとは、そのトンボはすっかりぼくの憧れとなってしまった。

昔よく見た昆虫類が思いのほか今もなお周辺に生き残っていることを発見することはしばしばあるが、コシアキトンボに限ってはどうもいまだ見る機会がないままだ。お盆のころに手の届きそうな低いところをスイスイと飛んでいた薄い橙色の赤とんぼ（ぼくらは盆トンボと呼んでいた）は数少ないながら今も見られるが、真っ赤な色のアキアカネは見られなくなった。とんぼといえば、高い空を飛んでいた大型のオニヤンマやギンヤンマなどもすっかり消えてしまった。

あのころ、夏休みに毎日のようにいたるところに目にしたいろんな種類のトンボやチョウチョ――いまでも夏に山に入ったら、それらを見ることができるのだろうか。田んぼや小川で毎日見ていたゲンゴロウ、タガメ、タイコタタキ、ミズスマシ、アメンボ、タニシ、マイマイコンコン、小学校の行き帰りの道の周辺に見られたいろんな種類のバッタ、カマキリ、トカゲ、ヘビ……なども、最近は見る機会がないままますぎている。

散歩のとき先山を見ると、北の空に突き出た頂上部分があって、そこから左右両側になだらかな峰が伸びている。左右の峰のその向こうに中央霊山が鎮座するかたちである。よく見ると、全体の形は左右非対称で、向かって左の峰はなだらかに伸びるが、右のはでこぼこしていて、左よりも高い。向かって左肩が下がり右肩が上がっている。

「ツイストを踊っている……」

あるときふとこんな想像が心に浮かんだ。すると山が「あははは」と笑いながら巨体をくねらせる姿に見えてきた。この想像は捨てがたいので、その後もときどきそんな目で山を見ることがある。

このところ各地で「これまで経験したことのないような」集中豪雨が起きている。範囲は狭いが短時間に降る量が半端ではない。あっという間にずぶぬれになる。川が氾濫して道路や家が水に浸される。水かさが恐るべき速さで増す。流れてくる樹木が家を突き破る。家がつぶれる、押し流されるなど。……あるところでは雨の粒がこれまでになく大きくアラレかヒョウかという感じだったとか。

このあたりでも昨日と今日、時間は短いが集中的な猛雨があった。朝洗濯物を干したと思うと、パラパラときて、それからたちまち激しい雨。あわてて洗濯物をとり入れるあいだにも着ている服がずぶ濡れになった。半時間もすると、雨足はたちまち弱まり、ときどきパラパラするていどになった。

梅雨もあけたかと思うといきなり暑さの真っ盛り。いつのまにかクマゼミがいっせいに鳴く時節となった。せみしぐれ、クマゼミ一色。無数という感じ。

岩にしみ入るセミの声と詠んだ芭蕉の有名な句が自然と思い出される。昔からこれという理由もなくぼくにはこの句はクマゼミだった。

文字はどう書くのかとインターネットを検索してみると、

閑さや岩にしみ入る蟬の声

「閑さ」というのが気になった。「しずかさ」か「しずけさ」か、「のどかさ」か「のどけさ」か、いろいろ論議があるようだ。定番は「しずけさ」だろう。「しずけさ」というからには、ニイニイゼミだ、いやアブラゼミだ、セミの声は単数だ、複数だ、と諸論あるらしい。

中学か高校で最初にこの句を知ったときから、ぼくは「岩にしみ入る」のはクマゼミだと自然に思ったようだった。たしかに暑いさなかのクマゼミの熱唱こそ、「岩にしみ入る」にふさわしい。考えてみるとクマゼミは静かではない。けれども岩にしみ入るクマゼミの合唱が、盛夏の山中の深い静けさを際だたせるというふうにぼくは思い込んだようだった。

アブラゼミかニイニイゼミか、一匹か複数か、という論があるのを知って、なるほどそういう見方もできるのかと思いなおされた。ニイニイゼミが熱唱するのはいかにも暑さの盛り、考えてみるとこの句にぴったりいう気もしないではない。

ごく小さいころはニイニイゼミ（チッチと呼んでいた）を捕まえるのがせいぜいだった。近所の薬師堂の桜の枝に登ってはじめてクマゼミ（シャッシャと呼んだ）をとったときには、豪華な喜びを感じたものだ。このセミは透き通った羽、黒い胴体で、ニイニイゼミよりはるかに大きくて、シャーシャーシャーと華やかに鳴く。そのころアブラゼミは、近くにあまりみかけなかったせいもあって、ぼくにとってまだ高嶺の花だった。あるとき山中でそれがたくさんいる場所があるのを知って魅せられた。大きな杉の木が立ち並ぶ一角で、アブラゼミがあちらこちらで鳴いている。近所の年上の子が「ギリギリ」と名づけていたこのセミの声も姿も、ぼくにはまだ未知の領域のもので、とても魅惑的に思われた。ギリギリギリギリといかにも涼しげな音色で鳴いて、木の幹の低いところに止まっていることもある。網をもってそっと近づくと敏感に気配を察して逃げてしまう。このセミをぜひ捕まえてみたいとぼくは思った。

上記の句は「奥の細道」の芭蕉が山寺（山形市の立石寺）に参詣した際に詠んだということらしい。

はじめは、「山寺や石にしみつく蟬の声」であったらしく、のちに「さびしさや岩にしみ込む蟬の声」となった。「現在のかたち（岩にしみ入る）に納まったのはよほどあとのこと」ということのようだ。

セミの声が一つでも多数でも、種類がどれであっても、おのおの自分の好みに合ったように解釈すればいい。どれでもそれなりに情趣があっていいという気がする。ただ、ぼくにとっては当面「岩にしみ入る」のはやはりクマゼミで、暑さの真っ盛りにシャーシャーシャーと大合唱する声が岩に吸い込まれていくイメージは捨てがたい。

6

きょうお母さん（＝妻）はエム市へ行くといっていた。朝方出かけるとき彼女はいった。

「明日ニノミヤの叔父さんが来て仏壇とお墓に参るから、仏壇とお墓に花を立ててきれいにしといてよ」

「うん、わかった」とぼく。「仏壇とお墓に花を立ててきれいにしとくのやね」

「花」というのはいうまでもなく「樒《しきみ》」のこと。地元では シキビと呼ぶのが普通である。独特な匂いを発する植物で、仏事には必ず使われる。

といってもこれは夢の中の話。その夢の中でぼくはひどく眠かったので再び寝た。

次の夢の中で、お母さんにいわれて、ぼくは近所のお寺へ頼みごとをしにいった。住職は五十歳くらいのずんぐりした人だ。玄関から入ってその住職が出てきたとき、何から言い出したものやら大いに戸惑いを感じながらぼくは切り出した。

「近くに住む凹凸ですが」

「ふむ、ふむ」

「うちはここのお寺の檀家ではなく直接お世話になることはないのですが」

「この近くの家で法事があったりしたとき何度かお世話になったことがあります」

「ふむ、ふむ」

「実は今度の日曜日に」ぼくはいよいよ本題の用件を切り出した。「親戚の人が来ることになっていて、お寺に車を一台止めさせていただけないかと」

「ふむ、ふむ……それで？……」

「あ」と住職はいった。「それはあかん」

どうも唐突でにべもない感じ。

「あ……あきませんか。どうもすみません……」

住職は怒ったようにぶっきらぼうにすぐさま奥の部屋へ去ってしまった。

ぼくのもの言いに気に入らないところがあって不快を感じたのだろうか。自分では何気なく言ったつもりだけれども、どうもぼくのもの言いには、案外不快な刺があるのかもしれない。それは日頃から感じているところであるけれども……見たところ、寺の境内は広いし、車が二台あるだけのようだ。もう一台くらい十分に置けるようではあるけれども、たとえ一日でも他人の車を置かせることに抵抗を感じることは自然な心情であるのかもかもしれない。

その後少し日数が経ったようであった。ぼくは家にいた。住職に断られた件について、まだお母さんに報告していなかったことを思い出して、お母さんに言った。

「お寺の駐車場のこと、だめだったよ」

「そう。だめだったの」

そのときすぐ後ろに住職がいて会話を聞きつけていった。

「ああ、あのときはちょっとむしゃくしゃしていて。……車を止めていただいてもいいですよ」

「そうですか」とぼく。「いや、あのときはモノの言い方が悪かったのだろうかとあれこれ悩みまして。どうもぼくは自分でも知らずにきつい言い方をするところがあるようで」

わがやのオモテ座敷で二人の僧が座してお経を唱えている。これは町内の家を順次回って行うお寺の恒例行事なのだ。土地にはこんな風習があることが夢の中では不思議でもなくあたりまえになっていたようだ。

ところで、すぐそのあと、ぼくは家が揺れていることに気づいた。紛れもない……地震だ……

ぐぐっと家が大きく右に揺れ、その次には左に揺れる。これはとてもやばい。どうしてみな外に出ないのだろうか？

いそいで外に飛び出してみると、家が四十五度くらい傾いてまた元に戻ったかと思うと、今度は反対方向に四十五度くらい傾いてまたもどった。あとの人たちも早く外に出ないとやばいのではないか？

地震はまもなくおさまったようだった。家の壊れたところなどを外から調べていると、親戚のおばさんが来た。ほれこんなふうに壊れてしまった、とぼくはおばさんに見せる。

「ほんとうにね。すごかったわねえ」とおばさん。

そのとき再びぐぐぐっと建物が揺れて、今度は家が四十五度を超えて大きく傾いたかと思うと、どすんと倒れてしまった。奇妙なことに、あとに建物の柱や骨組みだけがもとのまま立って残っている。家が倒れたはずみで、外壁に立てかけてあった薄っぺらい網戸のようなものがおばさんの上に倒れてきて、おばさんは後ろ向きに転倒してその下敷きになった。軽いものだから大丈夫だろう。すぐに起きあがれるはずだ。そう思いながら近づいて見ると、おばさんは仰向けに倒れたまま動かない。

「だいじょうぶ？」とぼくは近寄って問いかける。

「うんだいじょうぶ」とおばさん。「だいじょうぶだけれど、気持ちいいからもうちょっと寝とくわ」

7

わが家には古い土蔵がある。もうずいぶん以前から不要物の置き場になっていて滅多に扉を開けることがない。

昨秋、探しものがあって、重くて動きにくい鉄製のドアを引き開けたところ、中からブンブンと羽音がした。

とっさに、ダンゴバチだ、と思ううちに、一匹また一匹と、ハチが飛び出してきて、頭のすぐ横をかすめていった。ぼくは思わず両手を大きく振った。戸がきちんと閉まっていなかったため、隙間からハチが入り込んで蔵の中に巣を作ったようなのだ。

ダンゴバチというのはスズメバチのことで、昔から土地ではそう呼んでいた。子どもの頃、クワガタが巣をつくる木の周辺などにもそのハチをよく見かけたものだ。刺されたら場合によっては死ぬこともあるというので、恐れられていた。山に入ってムシをとるのはある意味なかなかの冒険だった。

何年か前にも一度蔵の中にスズメバチが巣を作ったことがあった。そのときには巣の場所が蔵の入り口のすぐそばにあって外から見えたので、殺虫剤を噴霧して駆除することができた。例年アシナガバチが門（家の前）の生垣に巣を作るので、毎年、家に蜂専用の殺虫剤を備えつけている。

かなり離れたところからでもジェット噴射で薬剤が届き、殺虫効果は抜群である。アシナガバチといえども、刺されたらその箇所が腫れあがってとても痛い。しかも痛みはすぐには収まらない。アシナガやスズメが屋内に入りこむこともたまにある。そのときには虫取り網ですくって窓から外へ放り出すことにしている。

昨年秋、蔵で見つかったダンゴバチは、ドアの裏手かその奥の方に巣をつくったらしく、中に入ってみないと巣のありさまが見えない。どこにあるか場所がわかればそこをねらってジェットを噴射できるのだが、その場所を突きとめるために蔵の中へ入るのは危険な気がしてためらわれた。ジェット噴霧器をとってきて、ここらあたりかと適当に想定した方向に向けて、上方に下方にと噴射してみたが、どれだけの効果があったかわからない。結局巣の除去は冬まで延ばすことにした。

さて、秋も終わるころ、そろそろハチの巣を片づけようかと考えはじめたが、なかなか手をつけるにいたらない。ハチの生態に詳しくないから、ひょっとしたらまだ生きているかもしれないという不安もどこかにあるのだ。

忘れては思い出し、また忘れながら、先伸ばしされた。とうとう正月もあけて一月九日になり、その日の朝、〈予定〉に〈ハチの巣の片づけ〉も入れた。はたして実行できるだろうかと懐疑的な気分もある。
かなり以前にも冬になってから墓地のスズメバチの巣を駆除したことがあった。あれは見事巨大な巣だった。スズメバチの巣は普通は円形のようだが、木の枝に作ったためかいびつで長い形だった。巣にハチの姿はなく空っぽの穴がたくさんあった。

今回も大丈夫だろうとは思うものの、なお不安があるために、念のためスズメバチの巣が冬にどういう状態になっているのか調べてみようと思い、パソコンで検索してみた。「島根県立三瓶自然館サヒメル」というサイトにこんな記事があった。

《今年は三瓶自然館サヒメルの建物裏側にスズメバチが巣を作りました。人が近づく場所ではないため、そのままにしていたところ、秋には立派な巣が完成していました。最終的に巣の大きさは直径約五十センチメートル、コガタスズメバチの巣でした。スズメバチの巣は、ハチが朽木などからかじりとってきた木片と自分のだ液を混ぜ合わせたものを塗って作ります。スズメバチの巣の表面にはしま模様があるのが特徴ですが、この模様はそれぞれのハチが集めてくる材料の違いで表れます。高度な社会性を持つスズメバチは、一つの巣に一匹の女王バチと多くの働きバチが生活しています。秋の最盛期には、コガタスズメバチで一巣に一〇〇個体程度、数の多いキイロスズメバチでは一巣あたりの個体数が一〇〇〇個を超えます。にぎやかな巣の中で女王バチは産卵に専念し、巣を作ったり幼虫の世話をしたりという仕事は働きバチが行います。このような活動は秋の終りまで続きます。

十二月になっても、巣は三瓶自然館の壁面にくっついたままです。しかし、近づいてもハチの気配はありません。もう巣の中にスズメバチはいないのです。

あれだけたくさんいた働きバチは、十二月にはすべて死んでしまいます。生き残っているのは秋に生まれた新女王バチ。今ごろは巣から出て、一匹で地中や朽木の中に潜んで越冬しています。立派な巣も一年限り。翌年も続けて使うということはありません。春になると最初は女王バチが一匹で巣作りや子育てを行い、秋には働きバチを多く抱えた立派な巣になるのです。》(「スズメバチの巣と冬越し」)

秋に生まれた〈新女王バチ〉だけが生き残って、子孫繁栄のために地中や朽木の中で冬眠するということらしい。古い巣は二度と使われない。

なるほど、これでようやく思いきることができる。

さっそく大型の懐中電灯を左の手に、ジェット噴射の強力殺虫剤を右の手にもって、ぼくは蔵に行った。鉄製の重い引き戸を半分ほどまで開けておそるおそる懐中電灯で戸の裏側をのぞいてみた。

　奥の方の隅にあるかと予想していたのだが、巣は入り口から一メートルもないところで扉の裏側にくっついていた。特大というほどではなかったがそれなりの大きさだ。念のために強力殺虫剤を噴射してみた。巣からハチが飛び出す手応えはない。それで竹の棒をとってきて、ドアに張り付いている巣をドアからそぎ落とした。一度では落ちない。二度、三度……落ちた巣の中身を確かめないまま、火ばさみでつまんで焼却炉へ。

8

いつか、ある時期、学生時代のことだっただろうか、ときどき赤いダンジリの夢を見ることがあった。

　あのころは実にいろんな怖い夢を見たもので、「怪獣ゴジラがドシン……ドシン……と恐ろしい足音を響かせながら街を歩き回り恐怖に胸つぶれるような思いをする」とか、「空襲で空からいっせい射撃を受けて必死の体で逃げ惑う」とか、あるいは「大学の講義の教室がわからずに探し回って悪戦苦闘する」とか。

そんな中に「赤いダンジリ」がときどき夢にあらわれた。ダンジリは〈喜びをもたらすその姿〉を垣間見せたあと、すぐ民家の屋根と屋根のあいだとか樹木と樹木のあいだとかに消えてしまう。ぼくはそれをもっとはっきりと見たいと思うのだが、ふたたび見ることができないで終わるのだ。

故郷では各所の神社の春祭りにダンジリがでる。「かきだんじり」と「ひきだんじり」の二種類があった。

「かきだんじり」は、「ふとんだんじり」「たいこだんじり」ともいわれ、太い丸太で櫓《やぐら》が組まれていて、若い人たちがみこしみたいに肩でかく（かつぐ）。もとは名前のとおりに「かく」ダンジリだったのだろう。実際には大型になっていて、とてもかついで移動するわけにはいかない。車輪がついていて押して歩くのだ。ときにダンジリを肩にかついで練ることがあった。

五段ほどの真っ赤な布団が華やかに屋根に飾られていて、中では子どもが四人、太鼓を囲んで坐り、「エイサー、エイサー」とかけ声をあげながらバチで太鼓をたたいている。かき手の若衆《わかいし》はそれに応えて「ヨーイヤセエー、エヤサッサー」と唱和する。動きはときに荒っぽく、練り歩いてどちらへ向かうのか見当がつかないようなところがある。

こちらのダンジリは、人形浄瑠璃の歌を奉納した。青年団が拍子木で音頭を取りながら

「傾城阿波鳴門」の一節を歌った。親を訪ねてきた巡礼の娘お鶴が、国を問われて、相手が母親であることを知らず、「アイ、父様《とと》の名は十郎兵衛、母様《かか》はお弓と申します」と答える。そのセリフを声自慢の者がソロで熱唱した。母親お弓は自分の娘だと気づきながら、複雑な事情があってそれを明かせない。

もう一つの出しものは「朝顔日記」だった。こちらは大井川の川留めのシーンが歌われた。

調べて見ると、武家の娘・深雪《みゆき》が恋人阿曾次郎を訪ねていく話のようで、道中深雪は盲目になる。やがて彼女は鎌倉で阿曾次郎に出会い、目が不自由なため相手が誰であるか知らずに、恋の始まりから流浪、失明までの身の上を語る。阿曾次郎は、愛する人を助けたいとは思うものの、〈陰謀に加担する悪者も同席〉とあって、何も明かせないまま、自分だとわかる印を残して出発する。それによってすべてに気づいた深雪は、恋人を追って大井川の渡しへと急ぐ。ところが阿曾次郎が渡ったあと大井川は嵐で川止めとなり、深雪は恋人に会えない不運を嘆くのである。

「なに川止め……川止めとは、え〜え、何事ぞいのう……」と号泣する女のセリフを、青年団の声自慢のソロが絶唱する。

真っ赤な布団を乗せたダンジリ――ごく幼かったある時期、ぼくはその姿に〈魅せられた〉。「ダンジリだ、ダンジリを見に行こう」と、ときめき憧れるような思いを感じた。

他方「ひきだんじり」のほうは「芸だんじり」ともいい、鐘と太鼓を鳴らしながら大勢で太い綱を引いて動かした。年寄りや小さな子どももいっしょに引っぱった。鐘と太鼓のにぎやかなリズムは子どもたちの心を深く魅了し、ぼくらはそのリズムを真似て棒でものをたたいたものだ。

「コンニキニッコンコン……ニキニキニッコンコン……コンニキニッコン、ニキニキニッコン、コンニキニッコンコン……そーれっ」

「そーれっ」でいっせいに力をあわせて綱を引くのだ。

ヒキダンジリには獅子舞がつきものだった。この獅子舞にもぼくは魅せられたものだ。獅子舞というと笛に吹かれて優雅に舞うのも風情だが、ぼくらの村の獅子舞は、動きがリアルでダイナミック、獅子面や毛の生えた胴体部分も怖い感じで、子どもたちはその怖さに魅せられるのだ。太鼓と鐘の音も切迫していて、いかにも躍動的である。子どもの頃友だちとそのリズムを真似て遊んだもので、実際にものをたたいたり口ずさんだりたりした。一方の町内のは「トトンガ・トントン……トトンガ・トントン……」と繰り返す。もう一方の町内のは「トトン・トトン・トトン……トトン・トトン・トトン……トトン・トトン・トトン、トトン・トトン・トトン……」と次第に急迫するように打ち鳴らされる。

どちらの町内でも、三人の子どもが荒ぶる獅子をなだめる役を演ずる。

三人のうち二人はモスケといい、頬のふくらんだ人面を額につけて、二本のバチをもって、交代で正面から獅子に立ち向かう。もう一人は猿の面を頭につけ、先に短冊のついた竹の棒をもって、横から獅子をなだめる役を務める。途中で獅子はなだめられたためか、疲れたためか、足を折って寝込んでしまう。寝る場面では太鼓と鉦のリズムががらりと変わる。それらのリズムは子どもの頃からぼくの中にすりこまれている。一方の町内のは「トテトンカカ、トテトンカカカ、トンカカ、トンカカ……」と続く。「トテトン」は太鼓の音、「カカカ」は太鼓の縁の木部をたたく音である。とくに獅子の怖い魅力を引き立たせたのはカランカランカランと鳴りわたる鐘の音だった。もう一方のは、「トテトンカカカ、トテトンカカカ、トンカカ、トンカカ……」と続いていく。

猿は眠った獅子のノミをとり、モスケたちは眠った獅子にあれこれ働きかけて目を覚まさせようとし、そうするうちにとうとう獅子が目覚め、モスケの一人が獅子の前に倒れて食われる場面がある。獅子は歯をむき出しに口を大きく開けてパクッ、パクッと音をたてて嚙みつくのである。ようやく獅子は目覚めてもとの活力を発揮しはじめる。モスケとサルはまた獅子に立ち向かい退治する動作にもどる。

二つの町内の獅子舞はダイナミックな舞いかたが互いによく似ていた。が、太鼓と鉦のリズムは似ているようでかなりちがっていた。片方の獅子舞では、二人のモスケが向き合って倒立しあったり、逆さに胴体を抱きあって回転したりと、ちょっとした曲芸を演じた。

親戚の村でも祭りがある、そこでは立派な布団ダンジリが三つも出る、獅子舞もある、ときいて、ぜひ見たい、どうしても見てみたい、と思ったことがあった。ごく幼いころのこと、小学校にもあがっていなかっただろう。どんなダンジリだろう。母親と親戚の家に行くために、電車の駅で降りて、そこで祭りの話を聞いたのだったか。太鼓の音が遠くに響き、丘の中腹あたりに神社があるみたいだったが、ダンジリは見えない。見たいとぼくはいったが、遠いから無理、とおとなは連れて行ってくれない。とても無念だったという記憶がある。

年齢があがってしまうとダンジリはダンジリにすぎない、世間にいろいろあるありふれたモノの一つになってしまう。

しかし、後年になってからも、そのダンジリ（真っ赤な布団をいただいている）が夢にあらわれて、ぼくはそれに憧れていったものだった。

ダンジリが、幼い心に一つの神秘的な幻影を抱かせたということ。この世界には、いわゆる神秘や神がかり的なことは存在しない、とぼくは心の底で思っている。もし存在したとしてもそれはそれで現実にあることなのだから、神秘ではなく科学的な追求の対象となる事象となるだろう。

もっとも別の角度から見ると、われわれにとって世界そのものが不思議であり神秘であるともいえるのだ。

今われわれがここに存在すること、われわれの周辺にある諸々のことがら、この宇宙の細部にまで認められる絶妙な法則性など、なぜ、どうしてこんな世界がここに存在するのか、不思議であり説明しようがない。そこにある真実が明らかになればなるほど、驚異は深まるばかりである。

そういう意味では世界は神秘そのものであるといえるのだろう。

遺伝子の解析研究をしている著名な学者が、いつかラジオ放送で、「超ミクロの世界の中に驚くべきシンプルで精妙な真実を見出せば見出すほど、いったいこの世界は誰がつくったのだろうかという思いを感じないではいられない」といっていた。

それはそれとして、こちらは別次元の話であるが、かつてある時期にぼくが心の中に垣間見たもの。真っ赤な屋根をもったダンジリ——それが心の一つの喜びとなった——そこに〈何か〉があったことは真実ではないだろうか。強く憧れていくようなもの。

それはいつも逃げ去るもの、捕まえられないもので、捕まえてしまうと〈何でもない普通のもの〉になってしまうのだ。

現実の世界や事物の中にはないが心の中にはある価値、〈幻影の価値〉というようなもの。現実に存在する具体的な事物そのものではなくて、それらの事物によって呼び起こされて心の中に生じるもの。独特のニュアンスと色合いに染まったもの。それは〈喜びそのもの〉〈価値そのもの〉といってもいいのではないか。

それはあまりにも個人的な価値で、いずれ忘れられ消えてしまうものであるかもしれない。けれども、そこに何かしら人知れず貴重なものがあるという気がする。何らかの形でそれを定着させることができないものだろうか、と思うのだ。

路上観察学

1　街のスーパーマーケット

街のスーパーマーケットは、日々多くの人たちがやってきて交差していく場所である。その場所を、いつもぼくは、人の顔を見もしないで、ただ自分の用件をすませるだけのために通りすぎていく。まわりには実に種々様々な人間のサンプルが転がっていて、その気になって観察すればとても興味深い発見ができるかもしれないというのに。

かねてから、ぼくは行き交う人びとをじっくりと観察してみたいと思っていた。そうすれば文章にするためのおもしろい材料が得られるのではないか。

とはいえ、何の関係もない人の顔や様子をじろじろ見るのははばかられる話だ。通りがかりにちらりと見て、その都度心に感じるものがあるとしても、それきり忘れてしまうのでは何の成果も得られないだろう。探偵みたいにずっと後を追っかけていかなければならないとなると、これはどうもやっかいだ。

先日、インターネットを検索していて、「路上観察学」なるものがあることを知った。同じような志向をもった人たちが寄り集まって、「路上観察学会」というものまで結成されているそうだ。

街角に転がっている一見何でもない物件の中に、〈何の役にも立たないがユーモアがあって笑いを誘う〉といった側面を見つけて、それを写真にとり、コメントをつけて、「こんなのがあったよ」とネットなどで公開する、それを見て人びとが笑う、といったことであるらしい。

これは〈モノ〉を観察して楽しむのである。〈ヒト〉であってもいいのではないか、とぼくはそのとき思った。

そんなわけで、最近、ぼくはようやく意識して人の顔や様子を観察するようになった。スーパーマーケットはそのための恰好の場所である。

実際に始めてみると、成果はあまり期待できないことがわかった。

行き交う人を観察しても、その性格や考えや生活のありさまが鮮やかに浮かんでくるというわけにはいかない。チャールズ・ディケンズやジェイン・オースティンの小説に出てくるような、ユニークで興味深い特徴をそなえた人物像がそこから浮かび上がってくる、ということにはなかなかならない。そうしたものは、日常的に具体的に人と接触する中で、観察者の想像力と知性が働いてはじめて見えてくるものなのだ。

　雑多でバラバラな個々人の顔や姿が次々と目の前に現れて過ぎていくだけ。顔や服装、動作の特徴を言葉にして留めようと注意をこらしてみても、それらはたちまち消えて忘れられてしまう。

　車を止めて、スーパーマーケットの広い駐車場を歩いて通り抜けていく。食料品売り場へ来るまでに、何人かの人とすれちがったが、人の顔を見るのは具合悪く、自然に避けてしまった。

　ぼくは、まず、果物コーナーでバナナを一房かごに入れた。それから、買い物をする人びとの様子をそれとなく観察しはじめた。

　リンゴを並べた棚の前で、五十歳くらいだろうか、鳥打ち帽をかぶって作業服姿の男性が、腕組みをしてリンゴを見ている。男性はやがて棚に近づいて、りんごを一つ手に取りかけてやめ、それからまた少し後ろに下がって、ちょっと離れたところからリンゴを眺め、沈思黙考している。買うべきか買わざるべきか。哲学上の難問を考えるカントといった趣きである。

　野菜のコーナーへ、小柄で丸顔の女性が買い物かごを下げて入ってきた。彼女はブロッコリーが並んでいる棚の前で立ち止まり、前屈みになって、しばしジーッとブロッコリーに視線を注いだ。ブロッコリーを相手に思索に耽る様子である。彼女は結局それを買うのをやめて、ゆっくりと次へ進んでいった。キュウリのところまで来ると、そこでまた視線をジーッとキュウリに注いだ。品物を一つ手にとって表と裏をじっくりと調べた。結局、彼女は、キュウリも買わずに次へ進んでいった。

そのあとから入ってきたのは、痩せてしなびた印象のある中年の女性だ。彼女はキャベツのあたりで視線を滞らせて、一瞬物思いにふける様子である。それから、ゆっくりと歩を進めながら、ネギ、カボチャ、シイタケ、モヤシと進んでいった。

「うーん、あれはこの前食べたばかりだし、これもいま一つだし……ほんとうに今日は何にしたらいいのか……」と思い巡らせる様子である。結局彼女は夕食のおかずをどのように組み立てるのだろうか。それが問題である。

肉や魚、総菜のコーナーで、いろんな人たちが、あちらこちらの品物に目をやりながら、頭を独楽《こま》のように回転させて、それぞれのテーマについて思索に耽っている。

「あ、これおいしそう。今日はこれにしよう。でも冷蔵庫に牛肉が残っていたし、今夕はすき焼きにしようと思っていたのだった。そうなるとちょっと重くなるかな。これはまた今度にしようか……」

人を見てばかりいると、自分の用が足せない。ぼくはまず自分の買い物を済ませることにした。

レジを済ませてから、ぼくは人びとが行き交う中をゆっくりと歩き、意識しながらさりげなく人の顔や動作を観察しはじめた。人の顔を見ることにはいつもためらいがある。けれども、さりげなく相手から気取られないようにして見るコツがあるのだ。やってみると、そう難しいことではない。

そして、そう、最近、意識して人の顔や姿、動作を見るようになってから、ぼくは何故とはなく不思議な面白さを感じるのである。

次々と目に入ってくる個々の人の顔、姿がみなそれぞれ特徴があって面白い。彼らはやってきて、ぼくの意識の中に像を結び、はっきりした言葉に結実しないままに、すぐにまた去っていく。どんな人と出会ったか、後になるともう思い出せない。でも、人びとの像が目に入ってくる瞬間、瞬間ごとに、ぼくは笑いたいような興趣を覚えるのである。

その面白さの正体は何なのか。ぼくはそれについて思いを巡らせる。正直のところ自分でもよくわからない。

ある意味では、人それぞれどこかに〈変なところ〉がある。探せばいくらでも欠点やおかしなところが見つかるだろう。けれども、ぼくがここで面白いと感じるのは、そういう変なところ、欠点といったものではない。そうではなくて、人にはそれぞれにその人の特徴がある、それがみな不思議なほどちがっている、ああ、人間というのは、互いになんとちがっているのだろうか、こんなにたくさんいる人たちがみなそれぞれに言葉では言い表しきれないほど豊富な特徴をもっているのだ、と感じる面白さである。

個々の人に特有の形、印象がぼくの意識の中に明瞭な像を結ぶとき、「あ、この人はこんな顔だ。この人はこんな形だ。この人はこんな服を着ている。こんな歩き方をする。この人は肩から斜めに鞄を掛けている。この人は腰がひどく折れ曲がっている。この人は腰部が太くて、頭と足がすぼんでいる」と認識するとき、ぼくは心底から面白さを感じるのだ。

これが人間なのだ、とぼくは思う。単に日本人などという〈のっぺらぼう〉なものではなくて、ザラザラしたりデコボコしたりしていて、そんなにきれいというのでもない。日常生活にまみれて汚れもあるしほころびもある。けれども、個々別々にちがった特徴を備えているために、それぞれがみな輝いていて、興味を引くところのある人間という生き物なのだ。

ぼくはまたこんなふうにも考えてみた。

人の顔を見るとき、われわれは、目から入る刺激をもとにして、心のなかに〈見事リアルな視覚像〉を創り出す。目から入ってくる光の刺激信号は、立体的な形と色に変換されて心のスクリーンに表示される。それが見るという行為だ。

それは見る人の意図とは関係なく、自動的・無意識的に行われる。自動的といっても脳はたえず働いていて、目から入ってくる光の刺激を、色彩をもった立体象に変換しているのである。

見るといっても、われわれはすべてを一様に見るわけではない。出まかせに、でたらめに見るわけでもない。そのときどきの状況、関心に合わせて、対象物のいくつかの部分のうえに、順次焦点を合わせていって、そのものの特徴を捕えたり、考えたりしながら見るのである。そこには常に脳の創造行為が働いている。

すれちがう人の顔を見る一瞬ごとに、ぼくの心に一つの明瞭な顔像が結ばれる。そのときぼくの心は、自分の意識の中に一つの〈顔像〉を創り出しているのだ。

ただ単に〈見える〉のではなく、見ようと考えて意識的に見るから、「あ、この人はこんな顔だ」と、その人独特の特徴がはっきりと認知される。

そんな精神の動きが心に生じるとき、たぶん、われわれは楽しい、面白いと感じるのである。

思うに、相手がまったく知らない人、自分と関わりのない人たちだから、こうした面白さが可能なのだろう。知っている人なら、自分とその人との関係がまず意識されて、相手の気を損じないように笑顔を見せたり、必要に応じて相手の身の上を案じたり、ときには警戒して距離を置いたりする心が働く。そうなると、こんな面白さを感じている余地はない。

いろんな人たちがいる。中には深刻な問題を抱えて苦しんでいる人もいるはずだ。大切な家族を亡くして悲嘆にくれているかもしれない。重い病気をもっていたり、夫の暴力、子どもの不登校の問題に悩んでいたりするかもしれない。ただ、そういうことはぼくにはわからない。わからないから、面白いなどと言っていられるのだろう。

すれちがう瞬間、ためらいながら意識してぼくはその人の顔をはっきりと見る。ある意味それはかなりぶしつけな行為である。客観的で冷静な視線を働かせて、相手の顔かたちを、明確な意識の中で認知するのだから。けれどもそこに客観的な冷たさがあるかというと、そうとも思われない。なぜなら、ぼくはすれちがうたびにそれぞれの人に不思議な親しみを感じるのだから。

そう、まさにその瞬間、ぼくはその人になる。いや、その人がぼくの中に入りこんでくる。

2　奥の手

日常生活のなかで人が思ったり感じたりするいろんな心の断面は、文章の形で取り出して眺めると、〈ちょっとしたご馳走〉になるのではないか、とぼくはこのごろよく思う。そんなごく普通の人間の心のありさまを素材にして、なにかおもしろい「作り話」を書けたらと考えて、日ごろから材料になるかもしれないネタを集めようと努めてきた。が、思っているわりに、いっこうにそのネタが集まってこない。よく考えてみるまでもなく、ネタは〈集まってくる〉ものではない。常々こちらから心して〈集める〉必要があるのだ。

そう気づいてみても、問題はそれほど簡単ではない。

このごろぼくにもわかりかけてきた。いや、とっくにわかっていた、というべきか。「作り話」（ここではいわゆる短編）を書くには、そんなにたくさんのネタはいらない。ほんの小さな切れ端の材料がありさえすれば、そこから発想がひらめき、四方八方に連想がふくらんで、一つの作り話ができてしまうもののようなのだ。

少なくとも知り合いの書き手Dさんの場合はそうであるらしい。Dさんは銀行員というお堅い職業を永年勤め上げてきた。定年間近になったこのところ、創作力旺盛で、ニワトリがタマゴを産むみたいに次から次へ作品を生みだしている。

「大事なのはまず〈初期衝動〉だね」とDさんはいう。「書きたい思いが発動する、このことを書いてみたいと思う、その人に固有の、原初的な衝動――それがなければ、見事に手際よく書けていても面白味が出ない。初期衝動は水の中から顔を出す魚のようなもので、それをていねいにすくいあげて水槽に入れ、エサを与えて大事に育てる必要がある。本を読むのもいい、資料を集めるのもいい。初期衝動が刺激を受けて形になっていく助けになる限りにおいてはね。けれども大切な初期衝動にお預けを食わして、それをすぼませてしまうことになるのだったらやめたほうがいいね。捕まえた魚は掘り出された原石のようなもの、消えやすく失われやすい。いったん失われてしまうとなかなかもどってこない。そんなふうにして、人はこの世でもっとも貴重なものを置き忘れたまま暮らしていくのだよ」

なるほど。なるほど。

とはいえ、ぼくの場合、なかなかDさんのようにはいかない。

どうやらぼくには「作り話」を作る才が欠けているようである。

思いついたことを断片的な雑文にすれば、まあまあるていどのものはできるのだが、それをもとにして一つのまとまった「作り話」を作るとなると、大変な困難を感じるのだ。

毎度のことながら、締め切り間近になって、書けそうなことが何も頭に浮かばない状態に追い込まれる。期限まであと数日になっても、いまだ書くべきテーマが決まらない。あれを書こう、いやこれにしようと試してみては、あれもだめだ、これもだめだとなる。

今となってはいよいよ奥の手を使うしかない。ずっと前に書き散らした雑文の中から深い考えもなくいくつかを取り出してきて、適当に手を加えて並べてみる。雑文であってもそれなりに〈ちょっとしたご馳走〉になってくれるかもしれないのである。

3 「自分を観察する」というゲーム

故郷を離れて、はるかな都会で単身生活をするようになったころ、彼は日々信じられないほどの悩みを心に抱えていた。それはどうにもしようのない自分という存在の欠陥性と孤独性の意識から生じるもので、生涯彼につきまとって離れない本質的とも思われる悩みだった。

それは彼が故郷にあったころからすでに明らかになりつつあったが、都会に出て暮らすことになって、いよいよ決定的なものとなった。

住み慣れた郷里の村を去るとき、彼は新しい世界と生活への希望をふくらませていた。いざ、都会に出てみると、自分はそれまでの自分とまったく変わらない、それどころかいよいよ明瞭にどうしようもなく自分でしかありえないのだ、ということに気づかされることになった。

彼は意味もなくむやみに人混みの中へ出かけた。それは夜の光に吸い寄せられていく昆虫のようなものだったが、同時に自分という存在につきまとう本質的な惨めさを、このうえないほど明瞭に認識するためであるかのようだった。

人びとが行き交う街路を、悶々とした心で通り抜けながら、彼は否応なく欠陥品である自分に向き合うことを強いられた。まちがいなく自分は彼らのようではない。自分には人と親しく接したり、友だちになったり、気軽に行き来したりするための何かが致命的に欠けている。

「自分を観察して楽しむ」という奇妙な習癖が彼の中に生まれたのは、こうした日々の中からだった。

自分という人間の欠陥性、不具性の意識に苦しむ中で、精神のバランスをとるために、自分を観察して、その欠陥性、不具性を繰り返し繰り返し確かめながら、そこに自分の存在意味を発見していくといった作業が、彼にはぜひとも必要だった。

自分とは何か。いったいこんな自分にどんな意味があるのか。たしかにどう考えてみても意味があるとはいえそうでない。それは紛れもない事実だ。それでもやはり意味があると考えることのできる何かがあるのではないか？

「自分を観察する」というゲームは、救いのないそんな繰り返しの中から自然と考案されてきた苦肉の策だった。そんなゲームを楽しむために、彼はいよいよひんぱんに街へ出かけるようになった。

そんな営みの中では、「観察される自分」と「観察する自分」がいつもセットになっていた。人混みにもまれてあてもなくさまよう惨めな自分を彼は街々に見出した。その自分はたしかに彼に甚だしい苦痛を強いた。けれども、そんな自分の後ろにいつももう一人別の自分がいることに彼は気づくのだった。

その別の自分（＝自分を観察する自分）は、現実の自分（＝自分を生きる自分）の演じる救いようのない惨めさや滑稽さの一部始終を観察して記憶に留める。下宿に帰ってからその日あった慰めのないことどもを洩らさずにノートに書き記す。そうすると、不思議な魔法力によって、そんな悶々とした苦しいことどもが、何かしら特別な喜びに変わるのだった。

癒すことのできない悩みの原因である〈自分〉が、それを〈観察〉することによって、このうえない喜びの源泉ともなりうる、そのことに彼は気づくようになった。

自分の中にある致命的な欠陥——そんな欠陥の中にこそ、何かしら底の知れないもの、喜びが湧き出る泉、黄金を生み出す魔力といったものがあるのかもしれない、そんな気が次第にしてきた。

「いったい自分には何があるのだろうか」

そう彼は自問してみた。しばらくするとこんな答えが返ってきた。

「自分を発見すること、自分の中に価値を見出すこと、それが自分の仕事ではないだろうか。自分には人間的なものを発見するという機会が恵まれている。そのためには、自分のこのような欠陥性、無力性が絶好の土壌となるのではないだろうか」

4　あぶない、あぶない

彼はM市の郊外にある出版関係の会社に就職した。

そこでKという若い女性に出会ったとき、孤独な都市生活の中で身につけた〈自己観察〉の性癖が、自分の中で活発に動きはじめるのを感じた。

彼女を見て自分の心に生じたものに彼は強い興味を感じ、それをじっくり観察してやろうと思った。彼女によって自分がどんなものを感じるか、彼女のかたわらで自分がどんなふるまいをするか、その一部始終を見届けてやろうという気になったのだ。もちろん、あくまでも秘密のこと、彼女にもほかの誰にも決して知られてはならない〈隠しごと〉として。

もとよりこの種の感情には最初から苦しみがともなう。彼女を見て感じる喜びが大きければ、それだけ苦しみも馬鹿にならないものになる。その苦しみが彼をどんな事態に追い込んでいくか予測できないところがある。夏目漱石の三四郎ではないが、「あぶない、あぶない」……気をつけないと……これは危険な火遊びである。彼はそのことを承知しないわけではなかった。

けれども、そういう危なさや苦しさをふくめて、自分の心に起こる一部始終を観察するという営みは、彼の心にとってこのうえなく貴重なご馳走となるにちがいない。さらに一日の終わりに、その日あったことを逐一ノートに記しながらそれを再体験することによって、そのご馳走は二重になるにちがいない。

過去に孤独の中でつちかった経験から、彼はそうしたことを予感したのだった。

彼は書物を荷づくりして注文先に送るために、包装紙と荷づくりのヒモを取りに行った。いつもの場所にそれが見つからなかったので、わざわざKさんを避けてTさんにたずねた。「Kさんにきけばいい。Kさんのところにストックがあるから」とTさんは彼女の名前を言った。

担当がKさんであることは彼も承知していた。ただ、できるなら彼女に近づくことを避けたい心の事情が彼にはあった。ましてやそのとき彼女が人と話しながら、溢れるように華やかな声で笑うのが聞こえたのだ。彼女の笑い声は彼には脅威である。そのような彼女にはとても近づけない……

それでもとうとう彼は心を決めてKさんのところへ行った。飛んで火にいる夏の虫ではないが、火に焼かれて消滅してしまうのではないかという思いだった。

ただ、そのとき同時に彼は自分の中にもう一人別の自分がいることに気づいていた。その自分はそんな困った状況の中へ飛び込んでいく自分を面白がって見ているのである。

このときもまた、彼はとっさに彼女を避けて、彼女のすぐ横にいたF君に用件を言った。幸か不幸かF君は机の上に書類をひろげて忙しそうにしている。それを見てKさんが彼に近づいてきた。

思わぬところで、彼女と向き合うという滅多にない幸運に巡りあうことになって、彼は戸惑いながらも喜んだ。彼は彼女に用件を言った。彼女の顔がすぐそこにあって、彼に向かってくるのを見ると、彼は当惑し、満足に言葉が言えないような危惧を感じた。そんな彼の混乱ぶりが彼女にもわかってしまうと思うと、なおいっそう当惑した。

「ホウソウシ」と言うつもりで、彼は「ポウソウシ」と言ってしまった。

「包装紙ですか」と彼女は鮮やかな笑顔を見せながら言った。「それと荷づくりのヒモですね」

彼女は頼まれた品物を取り出してきて、彼に差し出し、「これでよろしいですか」と言った。このとき彼女の顔をはっきりと見ることができた。彼女は笑っている。唇の赤さが鮮やかで、顔もきれいに化粧していて、目がくらむ感じ。ああ、と悲鳴をあげたい思いだった。こんな彼女を見ることをまったく予期していなかった。彼女が彼にこんなふうに気軽に明るい笑いを向けることができるのは、彼のことを特別に何とも思っていない徴候だ、という考えが彼の中で閃《ひらめ》いた。

彼女と言葉を交わせたことが即ち火のような喜びだった。あとにやり切れない思いが残るものではあったけれども。

この人と近くなれないでは苦しくなる、けれどもこんなにいいようもなく心に触れる人に近づくあてはないのだ、という思いに彼は貫かれた。彼に向けて好意的な笑顔を見せる彼女の顔の背後に『不可能』の三つの文字が読み取られた。おそらく恋の感情をこのうえないものにまで深め高めるのはこれだ。垣間見られる〈至上のもの〉の向こう側に『不可能』という絶望的な金色の三文字がはっきりと刻み込まれているのである。

そのとき彼女が彼に向けて一つの質問をした。彼がおちいっている混乱の印象が彼女にも伝染したのだろうか。最初言いだすときの彼女の口調に微妙なためらい、そして震えがあるような印象があった。それから彼は思いがけなくも彼女と一言二言ことばを交わすことになった。彼が思いを寄せているひとがこんなに近くにいて、彼に向かって親しい感じで話していることが信じられないことに思われた。

というのも彼女を見て彼が感じる喜びは異常なもの、普通ではないものである。それは彼が彼女に向けることがはばかられるようなもので、そんなものを心にもちながらこうして彼女と対面していることは何という驚きだろうか。このところの彼の心の深まりは常ではない。彼女への感受性が極度に高まっているときに、こんなに近くに、すぐ目の前に彼女を見るという、まったくあり得ないような出来事……

その瞬間彼は自分の思いが彼女に通じているような錯覚におちいった。しかも彼女はそれを悪く思っていない、それどころか彼のそんな気持ちを彼女もまた色青ざめた心で意識している……

彼はいいようのないものを身内に感じた。それは彼女の存在と深く結びついた、特別の悩ましい色合い、味わいをもった何かだった。そこにはやはり〈淫蕩〉の感情が色濃く混じっていたにちがいないのだが（恋の感情は欲望と無縁なものではないから）、彼はそれを意識していなかった。これは価値のある感情である。たとえ報いられるところがきわめてわずかで、苦しいような渇きと憔悴が続いていくばかりだとしても、それを感じることにはこのうえない価値がある、それを感じないよりは感じることのほうがずっといい。そう彼は思った。

〈自己観察〉の習癖によって、彼はこんなふうに滅多に得られない種類の楽しみを手に入れることができたのだった。

夕暮れの雲

1

今朝方目が覚めたのは七時半くらいだったか。起床は七時五十五分くらいだったと記憶する。

昨日遠山家のおじいさんが亡くなったという報せが電話であって、葬式は明日だという。八十歳台半ばを超えていて高齢だった。二、三年ほど前におじいさんが運転していた軽トラックがコンクリート塀に激突して、助手席に乗っていたおばあさんが亡くなった。おじいさんは命をとりとめたが大けがをしていて大変なありさまで、もう助からないだろうといわれながら奇跡的に助かった。

昨年おばあさんの三回忌法要があったとき、おじいさんは見たところ思いのほか元気そうだった。当方に気づかいをみせて話しかけてくれたりもした。

遠山家は昔ながらの農家で、おじいさんの息子は長年地元の大手家電店に勤務して、つい最近定年退職したばかり。

今朝方起きてからすぐにまずパソコンに向かった。とりあえずインターネット閲覧にとりかかったものの、睡眠不足のせいもあってすぐに頭が疲弊してきて（いつものパターン）、再びベッドに横になって目を瞑って頭を休めることに。

どうもこのところ何となく気分がよくない。アルコールの量を減らさなくてはいけないのではないか。いつも真夜中に飲み始めて、朝目が覚めたときには、いつベッドに入ったのかまったく思い出せないありさまなのだ。

若いころは酒が飲めない体質で、学生時代コンパのときなどビールを少し飲んだだけで気分がどうしようもなく悪くなって、苦しんだ末に吐くこともあった。就職した後も事態は似たようなものだった。そのうち年を重ねるにつれて少しずつ飲めるようになり、酒を買ってきて家で飲むようにもなった。やがて、いつのころからか、一杯目を飲んでも酔いが感じられなくなって二杯目を飲む。二杯目でももの足りなくて三杯目にいく、ということになった。

このごろでは、家族は心配ごころから、常習的にお酒を飲み続けると〈脳細胞が破壊〉されて認知症になるからやめるようにと言うのだ。日常生活でぼくがちょっとした失敗をすると、「ほら認知症が進んできた、最近ほんとうにおかしいよ」と言いたてる。いずれ遠くない将来に認知症の家族を抱えた場合どんな大変な負担が生じてくるか、本気で心配しているのである。

このところは自分でも飲む量をセーブしようという考えから、一気に酔わなくてもいい、少しずつでいいと自制するようになっていて、物足りない感じはあるものの量はたしかに減っている。朝目覚めたときの感じからもそのことがわかる。

不思議なことに自分の場合、飲む時間は夜中の十一時ころからの時間帯に限られていて、朝も昼も夕方の時間も飲みたくならない。まさにパブロフの犬で、夕方テレビを見て本や新聞を読んだりしたあと、入浴をすませ食器洗いを終えて、真夜中になりパソコンに向かおうかという時間帯になると、俄然飲みたくなるのである。酒の味そのものはどちらかというと不味《まず》いといってもいいかもしれない。ただ酔い心地がいいのだ。朝になって起きてみると、何杯目かの焼酎の水割りコップが飲まれないまま机の上に残っていて、いつ寝たのかまったく記憶がない。それでも最近は飲む量がずいぶん減っている。といっても健康にとって可とされる量より多いことにはちがいない。

えーと？　何の話だったっけ？　そうだ。遠山家のじいさんの法事の話だった。どうして酒の話になったのだろう？

自分の毎日の思いや行動には、ずいぶん出まかせで場当たりなところがあるのではないか、という感じを普段からもっていて、それで、試みに今朝方の自分の行動をあとでふり返ってパソコンでメモしてみた。そうすると、自分の日ごろの行動パターンや、自分で思っているほど理性的ではない姿が、目に見えてくる思いになった。その場その場で行き当たりばったりに脈絡なく頭に浮かんだことを次々と行っていく。何かをやり始めながら、たまたま目の前に現れた別のものを追いかけて、直前にやろうとしたことをすっかり忘れてしまう。

今朝がたのパソコンのメモ。

《朝目が覚めて起きて、パソコンに向かいインターネットで最新の世界のニュース記事などをあれこれ閲覧チェックするうちに、睡眠不足感が残っていることもあって気分がよくない。もう一度ベッドに戻って少し寝た。十五分ていどでやや頭が落ちついたので再び起きる。明日法事に行く準備をしておかなくては。喪服、カッターシャツ、ネクタイはどこにあるのか。確かめておかなくては。

まずは、とりあえず、カッターシャツを自室（書斎）の衣服ケースの引き出しから取り出す。いつか洗濯してそのまま引き出しに入れて、シワだらけのままだ。アイロンをかけなくては。台所へ行って押し入れからアイロンを取り出し、隣の居間へもっていって、アイロンのコード（プラグ）をコンセントに差し込む。アイロンが熱くなるまでしばし時間がかかる。そこで喪服はたしか二階の洋服ダンスにかかっているはず、と階段をあがって二階に向かう。二階に喪服はなかった。はて？……あ？　そうか。離れ座敷の古い洋ダンスだ。以前それを〈離れ〉へ運んで、せっかくだからそこにも衣類を保管することにしたのだった。

〈離れ〉の洋ダンスにも喪服はなかった。おやおや？　どうしたのか？　ちょっとパニック……、場合によっては新しいのを買わなくてはいけないかという考えが頭をよぎる……

〈離れ〉をたち去るとき、入り口付近に置いてあるプラスチック製の青い灯油缶が目についた。予備の灯油をそこに保管してあるのだ。あ、勝手口の灯油タンクが空になっていた。補てんしなくては。昨日も何度かそうしようと思いながらそのままになっていた。〈離れ〉から灯油缶を下げて家の勝手口にもどり、空になったものと置き替える。空の容器はとりあえず横に置いておいてついでのときに片づけよう。あ、そういえばたしか昨夜家族が台所のストーブ（ファンヒーター）の灯油が切れたといっていた。さっそくそのストーブの給油タンクを抜き出してきて補給する。

そのとき一つ買い物を思いついた。品切れになっていてぜひメモしておかなくては。どんなに明白なものでもメモしないとすぐに忘れるのだ。しかしメモ用の手帳はここにない。いつもポケットに入れておかなければと思っているのに。手帳をとりに書斎部屋の方へ行く。その途中廊下でもう一つの買い物を思いついた。これもぜひメモしようと肝に銘じつつ、玄関横を通るとき、下駄箱の上に置いてある書類が目に入った。郵便を受け取っていずれ処理しようと思ってとりあえずそこに置いて、その後何度も目にしながらそのままにしていたものだ。なんだったたっけ？　確かめようと拾いあげてみる。介護保険料の納付書。いつか外出するときもって出ようと思い置いたままになっていた。見ると納付期限が過ぎている。といってもあわてることはない、直接市役所窓口で払えばいいのだ。納付書をもとの位置に置き戻し、それから自分の部屋（書斎）へ入ると、パソコンの横に手帳があった。買いもののメモを記そうと思ったが何を買うのだったか思い出せない。二つあった。たしか……食料品だったか……日常的なごくありふれた何かだったはずだけれど……醤油でもない、マヨネーズでもない、たまごでもない……ティッシュペーパー？……ちがう……はて？　何だったか……すぐに思い出せるはずなのに、いくら思い巡らせてみても思い出せそうでない……

まあいいか、そのうちに思い出すだろうとあきらめて、手帳をジャンパーのポケットに入れて自室書斎を出ようとしたとき、片隅の壁にかかっている服が目に入った。あ、喪服。こんなところにあったのか。肩や袖のあたりにほこりがつもっている。黒いネクタイもいっしょにあった。

アイロンが居間でつけっぱなしだったことを思い出して、急いで居間へ行く。アイロンは熱くなっていた。が、特に問題はない。カッターシャツにアイロンをかける。こちらはけっこううまくいった。

アイロンをかけ終わったとき、玄関のブザーが鳴って近所の町田さんの奥さんが回覧板をもってきた。回覧板を受けとって、町田さんが立ち去ったあと、玄関周辺に溜まっている木の枝や葉っぱ（風に吹き寄せられてくるのだ）が目についた。普段から片づけなければといつも思っているものだ。

そこで、少々ゴミ類を片づけようと、玄関のサンダルをはいて箕《み》かごをとりに裏庭の方へ回る。と、干しかけていた洗濯物のかごが目についた。あ、そうだ。今朝方洗濯を干そうと裏庭に出て干すうちに、何だったかほかのことを思いついて、物干し作業を中断して、そのままになっていたのだった。

洗濯干しを片づけたあと、裏の勝手口から家に入ってサンダルを脱いだとき、「おや？」と思う。玄関のサンダルだ。いったい何をしようと思って、玄関から裏まで来たのだったか？　そうだ。玄関のごみを片づけようとして、箕かごをとりに裏まで回って来たのだった。……そこで再び裏庭にでて箕かごをとって玄関にもどることに……》

あれやこれやとパニック状態になって動き回った。いずれもすぐに忘れてしまい、思い出すことさえできないものになってしまうありふれたこと、記す意味もないつまらないことばかり。

日頃から文章を書くのは困難でやっかいなことという思いがあって、いつも書き出すことができないでいるのだが、いざ書き出して、思い出しながら逐一記してみると、短時間のうちにこんなにたくさんのことをしたのだということにわれながら驚く。実に豊富といってもいいほどのことではないか。

こんなことを記す気になったのは、日頃から日常の自分の心の動きや行動の実態を確かめてみたいという気があったためだ。

いつか、〈片づけられない女〉として悩んでいる女性が書いた手記を読んで面白いと思ったことがあった。彼女はかなり重症で専門医にかかっていて、「注意欠陥障害」（ＡＤＤ）という立派な病名をもらっていた。〈片づけられない症候群〉。それを読んだとき、ぼくは、なるほど自分の場合ととても似ている、これは病気なのか、と大変興味をおぼえた。

自分をそういう視点から観察してみようと思うようにもなったのだった。

2

十日ほど前、『ぼくたちに、もうモノは必要ない』（佐々木典士著、株式会社ワニブックス発行）という本を書店で見かけて、買って読み始めた。新鮮な刺激になった。いわゆる「ミニマリズム」（最小主義）。

モノがあり溢れる現代生活。モノを極端なまでに捨てて身軽になることをすすめる本だ。日常生活のなかで必要不可欠と思っているものも、ほんとうに必要なのか、なかったら困るものなのか、と問い詰めていく。著者は若い人のようだ。近年ほかにも同じような本を出す人がいて人気を博しているようだ。

現代は便利なものが信じられないほど安価に手に入り、不要になればどんどん捨てていく時代である。家の各所にゴミかごが置いてあって、たちまちいっぱいになる。そういうゴミは明らかに不要物だが、買ったままほとんど使われないままに捨てられずにいるものたちがある。あるていど使ったあと不要になったが、すぐには捨てがたいものたちがある。いやいや、もちろんどんどん捨てることは捨てるのだが、捨てるという判断を下すのがやっかいで面倒なために、とりあえず保管しておくものたちがある。家の中のあまり目につかない隅にも目につく場所にも、そんなものたちが捨てられずにごたごたと増えていく。長年のあいだには実にたくさんのものたちが溜まっていくのだ。

ものを〈収納〉して〈整理〉するのではなくて、思い切って〈捨て〉て、すっきりさっぱりすることができたなら、われわれの日常生活はどんなに単純で明快になることだろうか。そんな思いが、物質文明全盛の現代人の心の底にある根強い願望なのではないか。

《大事なものを大事にするために、大事でないものを「減らす」。大事なものに集中するためにそれ以外を「減らす」。》

《ミニマリストとは「大事なもののために減らす人」のこと。減らすことは目的でなく、減らして優先する「大事なもの」が目的だ。ミニマリズムは手段。ミニマリズムはツールである。減らした後に追求する「大事なもの」は人によって違う。》

著者は身の周りのいろんなものを極小にまで切り捨てていって、身軽になった体験を書いている。そうすると、

《家事にかかる時間は、圧倒的に減る。部屋にモノを置かず、ミニマルにしていると、掃除にかかる時間が激減する。服を少なくすると洗濯の手間も減るし、今日何を着るか、迷う時間も減る。》

なるほどそうだ。ものがいっぱいあるから整理できない。ありすぎるものたちが邪魔をして、われわれから余計な時間とエネルギーを奪っているのだ。ものがなければ、最小限のものにしぼれたなら、きっと日常生活は今よりずっと簡単で快適ですっきりしたものになるにちがいない。

要は自分はこれまで捨てるか残すかの判断を先延ばしにして、いろんなものを残してきた。片づけに時間を費やすのがもったいないと思う性分から部屋にはいろんなものが散らかったまま放置されている。その上にさらに新しいものが次々と入ってきて積み重なる。長年のあいだには膨大な量の不要物が整理されないままに大量に溜まることになる。

まだ使える、いつか使うことになるかもしれない、と思って残す。これがいけない。年々ものが増えるばかりなのに、使う可能性のほとんどないものでも捨てるのが難しくて、〈とりあえず〉ということで残す。

本を読むうちに〈この際、思い切ってできるだけ捨てよう〉という考えが発作のようにむらむらと萌《きざ》してきた。とりあえず試みに実践してみたい思いが高じてきて、読書を中断して、今いる応接間の周辺からはじめてみる気になった。もちろんいきなり多くを捨てることはできない。その都度整理するコーナーを決めて〈少しずつ思い切って〉捨てていくのだ。

書棚の下の物入れをあけると、空のケースや古い電気コードや彫刻刀や使われなくなった絵の具や折り畳み式の碁盤や碁石、それに古い電気ヒゲ剃り機、蚊取り線香のふたなど、いろんなものが詰め込まれていた。全部出して、捨てられるものを鋭意選んでゴミ袋に入れた。家族の品物もあって、それは今すぐには処分できない。部屋の隅に叔父（故人）からもらった絵や書の入った額がある。いろんな人たちからもらった色紙の類がある。それらを捨てていいのかどうか悩ましいところだ。

自分の〈年齢〉を考え、〈今後使うことがあるかどうか〉〈ほんとうに必要かどうか〉で判断していくと、この際けっこういろいろ捨てることができることに気づいた。「なくても大丈夫」といいながら、えいとばかりにごみ袋に放り込んでいくと、それだけで心がすっきりして不思議な快感があった。

さらに翌日の朝にも本を読んでいた途中で、いきなり捨ててすっきりしたい機運が高まって、書斎の小棚に保管して長年一度も使うことのなかったＣＤやＤＶＤやＭＤなどを片っ端から捨てる気になった。昔テレビやラジオからせっせと撮り溜めたものである。人生の時間が無限にあるものならもう一度視聴することも考えられなくはないけれども、二度と見ることにはなるまいと思われるテレビ番組の録画、ＤＶＤメディアに保存してきた韓国ドラマとかニュース番組とか教養番組とか。もう一度見ればそれぞれそれなりにおもしろく興味をひかれるのだろうが、保存した時間の量は膨大で一生かかっても見切れるものではない。

そういうものをいったん決断して捨ててみると、けっこう捨てることができることに気づく。捨てることはなんと楽しいことだろうか。ルンルン、ルン……

若いころに録画したチャップリンや小津安二郎の映画がいくつか出てきた。ああ、すっかり忘れていた。ここに保存していたのだ。再び見ることがあるかないかわからないが、これらはとりあえず残しておきたい。あのころ保存した映画に、ごくごく古い時代の作品でたとえば黒澤明の初期作品、『姿三四郎』『わが青春に悔いなし』など、さらに古いモノクロの無声映画などもあったはずだが、あれらはどこへ？　そういえば黒澤明の『夢』もあった。あれはどこへ行ったのだろうか？　「こんな夢を見た」という字幕で始まるいくつか短いシーンからなる印象的な映画だ。

室内周辺の片づけについては、一度に手を広げないで、一つ一つ小さなコーナーに限定して続けることが秘訣。このやり方を家中のほかの部屋に広げていこうという考えになった。

そう思って、書斎の本棚に向かったとき、たちまちはたと行き詰まってしまうことになった。貧乏性のわが書棚は、文庫本、新書本などの安価なものが中心で、整理しようと取りかかってみると、何から始めるべきか相当にむずかしいことに気づく。ほとんどの本は捨てるのが難しいとしても、すっきりした秩序に並び変える必要がある。もちろんそうした作業の中でも思い切って捨てる本を見つける作業も必要だろう。捨てるのは難しい、とりあえず並び替える作業を始める、ところが第一歩から頭が混乱してとても続けられないと感じる状態になった。

佐々木典士さんは過激で、片っ端から手持ちの本をスキャナでパソコンに取り込んで、紙の原本は捨てたという。たしかにその方法は以前自分も試してみたことがあった。いわゆる「自炊」。既存の本を片端から裁断・解体して自動送り両面同時読み取りのスキャナでパソコンに取り入れ、電子書籍化する。ＯＣＲ機能で文字情報も読み込めるから文字検索ができる。

ただ、どうでもいい軽い本ならそれでいいが、すべての本となると決断できない。それに手間と時間をかけて電子書籍化してみても、その書籍を読む機会は永久にやってきそうでない。

整理しようと思った本棚の前で、頭が疲弊困憊してどうしようもなくなったので、とりあえず下の棚や引き出しの中を整理しようという考えになった。古いフロッピーディスクやパソコンのアプリケーション・ソフトの箱など、置いておく必要のないものを鋭意選り分けて捨てることに。ほかにも古い紙書類やバインダーに綴じた紙資料が大量に置いてある。こちらの方はなかなか仕分けがむずかしそうだ。ある棚には、今は使っていないパソコン用のスピーカーやマウスやキーボードがしまってある。ちょっとした不具合が生じて新しいのと買い替えたときに、まだ使えるかもしれないと古いのを捨てずに残したのだ。これは捨てよう。必要になったらまた新しいのを買えばいい。

思い切って捨てることをやりはじめると、それなりに頭と身体がしゃきっとして楽しい感じになってきた。

捨てることはたしかに楽しい！

捨てれば捨てるほど楽しさが増してくる！

ものを捨てながら悦に入っていた最中に、予期しなかったことが起こった。孫のイクミが部屋に入ってきて、

「おじいちゃん、行かないの？」

「え？　どこへ？」

「絵の先生のところ」

「あ！　忘れていた！」

時計を見ると九時四十五分！　昨夜イクミの祖母から「明日十時にイクミが絵の教室に行くから送ってあげて。忘れないでね！」と念を押されていた。なんという迂闊《うかつ》さ。やはり……


このところ、こうした迂闊事態が連発しているようだ。自分としてはあくまで〈老衰〉とか〈認知症〉とかとは関係ないと思っている。昔から自分はこのていどにウカツでボンヤリしていたという思いがあるのだ。それにしても、最近はやはり少々ひどくなっているという気もしないわけではない。

といった次第で、イクミの絵画教室の件があってから、〈ものを捨てることへの情熱〉も当分中断したまま今はすっかり忘れ去られて〈モトノモクアミ〉状態である。いずれまた始めなければなるまいが、それはいつになることだろうか？

3

エル市のスーパーマーケットで夕食用の食品などを買って駐車場のところへもどってきたとき、後ろから名前を呼ばれた。

「コンノさん」

ふり返ると、元同僚の女性ナミカワさん。すぐ近くにあった軽トラックの運転席から同行らしい男性が出てくるところで、どうやらご主人のようだ。彼女はぼくよりも二年ほど早くエルエムエヌ社を定年で退職した。それ以来の出会いだった。彼女は当時庶務を担当していて、在勤中はいろいろ接点があって、言葉を交わすことも多かった。ざっくばらん、ちょっと八方破れの性分の女性で、話しやすかった。

エル市のこのスーパーは、ぼくの住む町からも彼女の住む町からもかなり離れていて、どちらにとっても日常生活圏外。ぼくは用があって来た帰りに、以前ときどき入ったことのある店に寄ってみたのだった。店の一角に回転寿司屋があっておいしいという妻の好みで、ある時期家族で遠路よく出かけてきたものだった。わが家の近所にも同じ系統の回転寿司屋があったが、そちらについて妻の評価はよくなかった。あのころは子どもたちもまだ小学生や中学生だったし、自分も妻もまだ若かった。

「久しぶりやな。こんなところで出会うとは」とぼく。

「新聞広告見て、ここの店が安売りしとったから出かけてきたんよ」とナミカワさん。

「このごろは新聞のビラを見てなるべく安い店を回るんよ。コンノさん、見たところお元気そうで。毎日どないしとるで？」

どう答えたものか？　ちょっと考えてから、とっさに、

「ああ、まあ、ボツボツやな」とあいまいで無難な返答。

「仕事のほうは？」とナミカワさん。

「仕事はしとらん。退職してからブラブラや。うちは奥さんが働いてくれとるからな。ナミカワさんも元気そうで。なるほどそうか。車があったら、けっこう遠くまで買い物に行けるもね」

そういえば、最近は自分も毎日の食料品を買うときなどに、ずいぶん値段に敏感になっていることに気づくのである。以前はどこのスーパーでも同じだろう、多少のちがいはあってもたいした差はないはずと考えて、とくに気にしていなかった。いちいち値段を考えてあれこれ比較するのは面倒だし、そんなことに細かく目配りするのは笑いもの、という思いもあった。

ところが近年はなるべく安いものを探し、似たようなものが陳列棚に並んでいると、必

ず安い方を選ぶ自分を見出すのである。Aスーパーと Bスーパーで豆腐やうどんや食パンの値段がちがっているのに気がつくと、あ、ここのうどんは四十八円。Aスーパーはたしか三十八円だった。うどんはなるべくAスーパーで買おう。一度安い値段を知ってしまえば、高い方を買ったら損するような気になるのである。そのうちある日気がつくとBスーパーのうどんも三十八円になっていた。こういうありさまではデフレが続くのももっともだ。安いのは消費者にはいいことだが、値下げ競争になると、企業にとってはどうなんだろうか、と考えたりする。企業は従業員をかかえていて、給料が目減りするのではないか。雇用が厳しくなるのではないか。消費者の主な部分は、給与で生活する人たちであるのだから。

実のところ経済のことはまったくの素人でわからない。ただ、退職してからわからないながらに経済のことにも興味を感じるようになった。テレビのニュースや報道番組で経済の話がでてくると、興味をひかれて、かじりつきで見るようにもなった。書店で経済についての本を見かけて、発作的に買ってしまうことも多くなった。読むと分からないながらに「なるほどなるほど」と思うところもあってそれなりにとても面白い。その面白さはまあ娯楽といっていい程度のものにすぎず、基本的な知識がないので、いろんな主張に刺激されて右往左往しながらすぐに忘れてしまう性質のものなのだ。

若いころは経済など見向きもしなかった。もっぱら文学に関心を向け続けてきた。これが進化であるのか、退化であるのか、という点になると、何ともいえない。

片田舎のわが町にも大型の店舗が次々できて、手軽に車で行ける圏内にスーパーマーケットが五店舗もある。買いものはたしかに安くて便利になった。その分昔からあった小売り商店がいくつも消えていった。ナミカワさんの住む村はわが町よりはさらに田舎で大型店が一つしかない。そういう村の店は、厳しい競争がない分、品物の値段も比較的安くなっていないのかもしれない？

最近は、経済のグローバル化の影響か、ものが実に安く買えるようになった。何か必要な品物があればまず百円ショップに行くのだ。百円ショップだけではない。田舎の町でもいろんな種類のドラッグストア、大型の店舗が各地に次々とできている。人びとは格安で買えるという評判の店を選んで買い物をする。

ぼくはふと思い出してナミカワさんにいった。

「納豆が一つもなかったよ。納豆のコーナーに豆腐ばかりいっぱい置いてあって」

「ああ、この前テレビであったな」とナミカワさん。「納豆食べたらやせるとか健康になるとかいう番組。あれから納豆が店にのうなってしもて。いつかもココアが店から消えたことがあったけど、あれとおんなじやな」とナミカワさんは笑って、向こうで待っているご主人の方へ目をやりながら、「あ、それじゃまた。買いものしてくるわ」

正月明けのテレビ番組で、納豆の効用と食べ方が紹介された翌日から、納豆が店頭から消えてしまった。一日二パック、朝と夕方に食べると、二週間で体重を減らせるだけでなく、血管の若返りにも効果てきめん。中性脂肪を燃やす効果がある。DHEA、イソフラボン、ポリアミンとか。

何日か前にも、納豆を求めてAスーパーへ行った。いつもの納豆コーナーは豆腐で満たされていた。朝方は買えるが、昼になるともう納豆はないようだった。

たぶん、午後の四時頃にもう一度補充されるのではないかとにらんで、その時刻にAスーパーに行くとはたしてあった。

「一人二束、六パックまでにしてください」と繰り返しスピーカーの声が言っている。それで控えめに一束（三パック）を買い物かごに入れて、それだけでは納豆目当てに来たことが見え見えなので、ついでにハムとちくわと食パンとソーセージを買い物かごに入れた。

それから近くのBスーパーでも納豆を買おうともくろんでいくと、納豆はなく豆腐ばかり。ついで少し離れたCスーパーへ行ってみたがそこでもまったく同じだった。それで、もうなくなっているかもしれないと思いながらもう一度Aスーパーにもどってみると、まだ少しあった。今度は納豆二束を買い物かごに入れて、ついでにまたジュースとかチョコレートとかを買うはめになった。

このところ歯が一、二本ぐらついていて、納豆さえも固いと感じる状態。食べると歯が折れそうな気がする。納豆は学生時代に知ってから嫌いでなかった。納豆を朝と夕に一パックずつ食べ始めてから効果が出てきたのか、たまたまほかの理由でそうなったのか、日一日と少しずつ体重が減ってきたのは事実。この二日間、納豆を買いそびれて摂取を欠かしていた。

何か月か前に居間でだらだらしながら、前日にタイマー録画したテレビ番組を見ていた。家森幸男さんという名の知られた予防栄養学者が長年にわたり世界各地で調査研究を重ねてきた結果、人間の長寿についていろんなことがわかってきたという。なかでも長寿・低血圧の中国貴陽の食生活のことが話題に。

貴陽市は石灰岩などのカルスト地形で稲作には向かない土地柄で昔から大豆やトウモロコシを主食としてきた。日本の豆腐の原産地ともいわれ、様々な大豆食品を日常的にいろんな形で食してきた。大豆の加工食品も豊富。豆腐を野菜といためる料理、セロリ入りの麻婆豆腐、厚揚げのような焼き豆腐など、大豆を日常的にふんだんに食べる食文化がある。

日本と同じような糸引き納豆まであったということだ。

そんな話の中で、番組では納豆に焦点があてられ、一日朝夕二パックというおすすめがあり、司会者の話術が強力で巧みだったせいもあるのか、視聴者の心に深く印象づけられ、町のスーパーから納豆が消えるという事態が生じたのだった。

4

夕方、車で帰宅するとき、西の空にとても太い雲が二筋横に長く続いていた。あんなに長く太くまっすぐに横に続く雲は珍しい。低い山に沿ってずうっと伸びていて巨魁という感じだった。雲と山とのすき間にわずかに薄色の夕焼け空がのぞいていて、長い二筋の上にも一つ雲の塊があって、全体として北から南へと少しずつ動いていた。このところ寒くなったり暖かくなったりしながら冬が通り過ぎていく。今日は暖かく風も少なくていい天気だったな、だけど北から南へと濃い黒みを帯びた大きな雲が動いているのは、大陸からまた寒気が運ばれているのだろうかとも思われるのである。

西の方には比較的低い山並みがある。西から北のほうへ目を転じると、そこは見事な山峡《やまかい》になっていて、北の高い山の裏側にある村へと峠越えの道が続いている。昔山の向こうの村からわれわれの町の高校まで、峠をバスや自転車で通ってくる生徒たちがいた。白分も何度か自転車で坂道を越えトンネルをくぐって、その村まで行ったことがあった。下から見るとその部分が大きな湾状になっていて、夏になると、夕日が周りの空を染めながら、ちょうどその湾に沈むのだ。近景には土手や小工場の古びた建屋や民家などが見え、向こうには丘の茂みがいくつか連なっている。

何でもないことだが、日々目に入る周囲の風景が珍しいものに感じられる。たとえば車を運転しながら道路を進むとき、前方に電柱が並んでいる。電線がずうっと通っている。ところどころに樹木の茂みがある。家がある。そんなごくありふれた光景までが視覚の喜びとなるのだ。

ずっと遠くの山や空からすぐ近くの家や道路までのあいだに、いろんな遠さでいろんなものたちがある。

この空間の広がり。ずっと遠くからすぐ近くまで。〈見える〉ということはなんと素晴らしいことだろうかとつくづく感じるのである。

〈見える〉ということは、目を通して外界から入ってくる光の刺激を脳神経組織が自動的に処理して、見事な立体像を作りあげているわけだ。自分の中には今のところまだその力がある。今のところまだ自分は〈見る〉ことができる。その意識自体に歓びの源泉があるのかもしれない。

風紋

1

　十二月の初旬、狭い通路の交差点で左折するとき、車をブロック塀の角でこすって、車体の片面が大きくへこんだ。それがなくても傷みが目立っていたし、次の車検も近い。隆文は妻に相談して、中古の軽自動車に買い換えることに決めた。以前から次は中古車に挑戦してみようと考えていたところだった。
〈ＵＳＥＤ　ＣＡＲ〉の店を探して国道沿いを走ってみた。普段から通りかかるたびにいくつかの店が目に留まっていた。とりあえず五店ばかりに立ち寄った。あらかじめ考えていた値段や車の種類などに照らしてこれはという候補の車を三つほど見つけると、さらにそれらを一つにしぼって、いったん家に帰った。最後に残ったのは、Ｔモータース商会に展示されていた十数台のうちの一つで、ライトブルーのやつだ。色が少し目だちすぎる気がしたが、しかしこのていどならまあいいだろう、と考えられた。

最初は簡単に考えていたのだったが、はじめての中古車選びは思いのほか〈疲れる〉仕事であった。思案疲れといってもいい。これはという候補の車が見つかっても、それに決めていいものかどうかと迷い出すときりがない。なるほど見かけは申し分なくきれいだけれども、もしかして重大な事故の経歴があって、致命的な欠陥を内包しているかもしれない。もちろん、車についての情報は提示されている。しかし、額面どおりに信じていいものだろうか。経験も知識もない身では、とんでもないものをつかまされる可能性があるのではないか。などと、予期しなかった疑念があれやこれやと生じてくるのだ。

家に帰ってからも、インターネットで中古車選びの留意点などについて調べはじめた。

実にいろんなサイトがひっかかってきた。

「中古車選びは安心の○○○○センターで」

「中古車選び、成功と失敗」

「中古車選びのポイントとコツ——失敗しない中古車選び」

成功と失敗？　ということは〈失敗〉する場合もあるということではないか。もとより当然の話ではあるけれども……

あるサイトに掲載されている情報によると、〈まっすぐに走らない〉車の例もあるという話だ。まさか？　それほどなのだろうか？

いくつかのサイトを閲覧するうちに、目がひどく疲れてきた。いや、目以上に心が疲れて参ってしまった。

次の日の朝も、彼はパソコンに向かい、ついつい正午まで中古車情報を調べた。あれこれと検索するうちに、前日見たTモータース商会がひっかかってきた。前日目星をつけて帰った車の写真も掲載されていた。

候補の車が見つかったのなら、迷うことはない。あとは決断あるのみ。店の人に話を聞いて、目で車を確かめて、場合によっては試乗してみて、契約すればいいだけの話だ。

しかし、話はそう簡単ではない。買う前にまだまだ点検しなければならないことがあるのじゃないか。買ったあとで後悔することにならないだろうか。あるいは探せばほかにもっといいのが見つかるのではないか。こんな重大な問題を抱えながら、いざ店の人に話を聞こうというとき、どんなふうに切り出したらいいものか。どんな車だって、買ってしばらく使ってみなければ、適か不適かわかりようがないのだ。

〈要は信頼と思いきりだ〉と彼は思った。〈そのことについていうなら、いやしくも店を出して商売をしているのだから、そんなひどい悪車を売るはずがない。それなりに信用できる（できそうな）店である限り、そんなペテン的な商品などあるわけがない。まずはハッピーで終わるはずだ〉

ここは信頼して、思いきって飛び込むしかない。案じることはない。飛び込みさえすれば、万事何事もなく解決するはずなのだ。たしかことわざにもあったではないか。

案ずるは産むにしかず

うん？……検索してみると、すぐにひっかかってきた。

案ずるより産むが易し

その日、午後、車体が傷つき凹んだ車で国道を走って、もっといい車がみつかるかもしれないと、さらに別の五、六店を物色してみた。店を何軒もかけ回るうちに、次第に自らの無力さ加減が実感されて気が滅入ってきた。体調の悪さのせいもあったにちがいない。頭が麻痺混乱して、いわゆる〈舞い上〉がって、店の人に話をきくにしても、まともには話せないのではという気がするほどだった。〈思いきって飛び込めば何でもない〉という考えが基本にあるものの、迷いは深くなかなか決断するにいたらない。〈舞い上〉がっていることはわかっているが、わかっていることは、この場合、何の助けにもならない。ただ、ますますどうしようもない〈舞い上〉がりの中へとのめり込んでいくしかないことが自覚されていくばかりなのだ。

けっきょくその日は、なんら成果のないままに探索を切り上げて、スーパーマーケットで夕食のための食材をいくらか買った。それから持ち前の無精のせいで、何か月も延び延びになっていた懸案の〈散髪〉をすませた。「短かめに」と注文した結果、思っていたよりも刈り上げられて、「ちょっと短かすぎ」という結果になった。

といっても、それは彼にとって何ら大したことではなかった。気が滅入ってストレスも高じていたと思われるなか、〈髭そり〉のために顔に〈熱い濡れタオル〉をあてられたときには、奇跡的といっていいほどすっと精神がイヤされるのを感じた。感情的というよりも、身体的・生理的なもの。心の混乱、滅入りの状態がふしぎなほどに引いて和らいでいった。一時的なものにすぎないかもしれないとしても、劇的で嬉しい瞬間である。

さんざ走り回った果てに、結局、前の日に目をつけておいた車にもどってきた。値段といい、型といい（多少色は気になるものの）、条件に合っている。もちろん、探せばほかにいいのが見つからないとも限らないが、この際、〈迷いを終わらせる〉ために、いっそ目をつぶってでも早く片づけてしまいたい。「ちゃんと普通に走りさえすれば」万事良し。単純な話。とにかく「えいっ」とばかりに飛び込んでしまえばすむことだ。

その日、そのまま家に帰って、隆文は家族のために夕食の用意をした。いつものとおりに、電気釜で炊いたご飯とコップに入れた水を仏壇に祀って、ロウソクと線香に火をつけた。チンチンと鉦を鳴らして、手を合わせ、口の中でつぶやいた。

「車を買い換えることになりました。今回は中古車にしたいと思いますが、無事に買い換えられるようご助力ください」

日本人の宗教は、仏教と土着の神祀りといわれることが多いけれども（習俗としてはどちらも「先祖祀り」の色合いが濃い）、隆文は必ずしも仏教についても神祀りについても、信仰心といえるようなものをもっているわけではなかった。

幼い頃から彼は、父や母が仏壇や神棚を祀るのを見て育った。しかし、自分はというと、若い頃から〈科学的合理精神〉とかいうものの信者になっていて、習慣によって仏壇や神棚に食物を供え続けながらも、基本的には、彼は「そんなことには何の意味もない」という確信に傾いていた。それでいて、ロウソクと線香に火をつけて手を合わせるとき、亡き人たちの幻影を何となく思い浮かべないわけではなかった。もちろんそんなときにも、彼は、今は亡き父や母や祖父やその前の先祖などの存在がこんなところにあるわけはない、と考えることができた。頭では「何もない」と思いながら、他方ではそこに架空の像を浮かべて、「ありがとうございます」とつぶやいたり、「どうかご援助ください」と願ったりする。そうすると、先祖が見守ってくれていて、何らかの援助をしてくれるのではないかという気にもなるのだった。

三十歳半ばになって、両親のいなくなった田舎の家に帰ってきた当初、彼は仏壇や神棚を祀らなかった。ところが、ある時期から、仏壇にご飯と水を供え始めた。それは、たまたま家に何か悪いことがあったと思われた際に、妻の実家の親が、「先祖をおろそかにしてはいけない」と隆文に強く説いたからにほかならない。それ以来、彼自身はそんなことは信じないと心で考えながら、妻の親を満足させるために、一応形式だけ、先祖にお供えをするようになった。親の時代と比べると、すこぶる粗略で我流のやり方で、自分なりに決めた方式で、「新しくご飯を炊いたときに、最初の一口を水といっしょに供える」というもので、今それは一人分だけになっていた。

親の時代には、小さな茶碗と湯飲みのセットが五、六人分あって、これは誰それの茶碗、誰それの湯飲みと、持ち主が想定されていた。

隆文の時代になると、食事どきに腹を空かした子どもたちが炊きたてのご飯を茶碗につごうとするのを見て、彼は父親としていったものだ。

「さきに仏さんにまつってから」

それはその昔彼の母親がよくいった言葉であった。

信仰心があるかと問われたら、彼は「ない」と答えただろう。ないというのなら、あっさりと割り切って、仏壇を祀ることなどやめてもよさそうなものだが、しかし、結局のところ、彼は心底では信仰していないその習慣をやめることができないように感じるのだった。

2

次の日、隆文は、孫のお宮参りをするということで、A市に住む長女の家へ行くことになっていた。

妻は仕事上の出張で、前の日からA市へ出かけていて、夜は娘（長女）の宅で泊るという手はずになっていた。隆文は、当日の朝、遅れて電車で長女宅まで行くことにしていた。朝方十時過ぎに彼は服を着替えて家を出る用意をした。いざ出かけようとしたとき、玄関のチャイムが鳴った。

出ると、近所の町角さんの奥さんである。

「シンデン（新田）さんのこと聞いてる？」

「いや、聞いてない」

シンデンさんというのは近くに住む隆文の従兄の家だ。隆文は一度ご機嫌伺いに従兄を訪問しなければならないと思っていたが、ついつい長いあいだ御無沙汰になっていた。

町角さんの奥さんはことし八十いくつかになるが、いまだ頭も身体もしっかりしていて、元気そうである。二人の息子たちはいずれも都会に出て、それぞれに家族をもち、立派な地位を築いている。今は、彼女は、重い持病を抱えたご主人との二人暮らしで、ご主人はここ十数年来、週に二度、電車とバスを乗りついで、K市の病院まで人工透析に通っている。

「さっき、宮村のユリちゃんから電話がかかってきて」と町角の奥さん。

「ほう？」

宮村さんは、シンデンさんのすぐ隣の家で、そこのユリちゃんというのは、これまた今は八十歳に近い女性で、三か月ほど前に、夫を脳溢血で亡くした。夫は養子として宮村家へ来て、長年道路公団に勤めた人だった。ユリちゃんは若いころ美人で賢い（勉強がよくできた）というので評判だった。

子どものころ、隆文が何かの用があって宮村家へ行ったとき、ユリちゃんやそのお母さん（この人は後に認知症を患った）から、何やかやちやほや問いかけられて、嬉しい気がした記憶がある。当時の子どもの感覚では、宮村家というのは、お上品で、良家という印象があった。

「宮村のユリちゃんの話では」と町角の奥さんは話を続けた。「シンデンさんが、昨日救急車でＡ病院に運ばれて、今朝方どうやら〈ようなかった〉らしいというのよ」

「うん？……」

ようなかった？　どういう意味なのか、と隆文は一瞬戸惑いながら考えた。が、もちろん、疑う余地はない。〈よくなかった〉ということは、要するに〈亡くなった〉ということではないのか。土地の慣習で、こういう場合通常、婉曲的な言い回しで、そういうらしいことはすぐに察しがついた。

「ええ？　ほんとうに？」

「お宅はシンデンさんと親戚になるから、お葬式の日取りなど聞いとるかと思って」

「いや聞いとらん」

孫のお宮参りに同行するために娘の家へ出かける寸前のところへもたらされた予期せぬ報せは、隆文を困惑させた。知らずに出かけていたら、それはそれですんでいたはず。いったん知らされた限り、予定どおりに出かけていいものかどうか……

もちろん、答えは決まっている。お悔やみの言葉を言いにシンデン家へ行くべきだ。（そうするしかない。）それはそのとおりで間違いない。間違いはないのだが、行って、何を言い、どのように振る舞うべきなのか？

自然の成り行きで妻の携帯に電話した。何度かしたが通じない。娘の携帯番号を呼び出すと、娘ではなく妻が電話に出た。

「シンデンさんが亡くなって」

「ええ？？……」

「弔問に行かないといけないし、お祝いのほうはそちらで適当にやっておいて」

妻はあっさり了承して、その方はひとまず片づいた。

亡くなった従兄のモリヒロさんは、隆文とは年齢が十歳以上も離れているが、彼には思い出がある。幼い頃から何度となくお世話になってきた。隆文がA社に入社したときも、モリヒロさんは、社の上の人と親しい知り合いということで、縁故を利用することを好まない隆文が辞退したにもかかわらず、いっしょに挨拶に行ってくれたものだった。

つい半年ほど前にも、モリヒロさんから電話がかかってきた。

「その後どうや？　書いとるか？」とモリヒロさん。

「うん、近く『詩集』ができる。できたらもっていくわ」

そう答えたものの、本ができてきても億劫で、いまだ訪問を実行しないまま、ぐずぐずとすぎていた。

モリヒロさんは、昔から地域の〈雑俳〉のグループに所属していて、その方面では、けっこう〈活躍〉してきた模様だった。〈雑俳〉とは何か、隆文にはよくわからなかったが、モリヒロさんの話から、かなり昔から地域に伝わってきたローカルな文芸の形式らしいことはわかった。俳句と似ているが、俳句のように〈季語〉に縛られることなく、〈遊び〉の要素が色濃くあって、形式もかなり自由のようだった。作風に微妙に〈笑い〉の要素が込められていることが多いようで、ある点では〈川柳〉に近いのかもしれない、などと隆文は勝手に想像していた。

シンデン家のオモテの間の片隅には、十いくつかのトロフィーが並べてあった。雑俳グループの大会などで、モリヒロさんは、幾度となく賞を得たようで、それを並べて飾っていたのだ。

後で分かったことだが、最近、雑俳の会の方で「記念誌」が発刊されたらしくて、モリヒロさんが以前「その後書いとるか」と隆文に電話してきたのは、その記念誌を彼に渡そうと考えたからだったようだ。

隆文は、孫のお宮参りに行けないと妻に電話したあとも、なおもぐずぐず思い迷ったあげく、ようやく十一時過ぎになってシンデン家へおもむいた。

モリヒロさんの長男の嫁さんが玄関に出てきた。長男一家は目下、町で一軒家を買って別居している。行き来はたえずあるらしいが、当面、シンデン家は老夫婦の二人暮らしだった。

　モリヒロさんの奥さんのミヤコさんが呼ばれて、隆文は玄関でミヤコさんと少し言葉を交わした。彼女は眼鏡をかけた痩せぎすの人だ。

「急だったんやね」

「ええ、このごろは体調もはっきりしない日が続いていたのやけれど、前の日はとくに変わったところもなかったのよ。おとといなどは、タカフミさんが来ないかと気にしていた。雑俳の〈記念誌〉ができたので、渡したかったらしいのね」

「ボクもいつか電話をいただいて……一度伺わなくてはと思いながら……」

　自分の口から出る言葉がどうも場にそぐわない気がする。自分の方の戸惑いもあるが、相手も戸惑っているだろうと思うと、そのほうが余計に具合の悪いものになる。

「お葬式はいつ？」

「あさってになると思うけれど、時間はまだ決まっていないのよ。決まったら連絡するわ。お通夜は明日夕方五時から。来てくれる？」とミヤコさんはさすがに落ち着いて世慣れている。

　とにかく仏さんに手を合わさせて、というつもりで、彼は勧められないうちに靴を脱ぐ動作に入った。

オモテの部屋に通ると、五、六人の人が部屋の隅の方に座って話し込んでいた。家族や家族に近い人たちは、居間や台所にいる模様である。隆文はその場の人たちに頭を下げた。奥の方に故人となった人が上向きに横たわっていて、白い布で顔を被われていた。その横に小さな台があって、線香立てなどの小道具が置かれていた。隆文はその前にかしこまって坐った。ほかのひとならこういう場合通常こうするだろうと思ったとおりに手を合わせた。やがて彼は部屋の片隅の、人びとから少し離れた場所を選んで坐を占めた。モリヒロさんの孫に当たる人か、あるいは孫の奥さんにあたる人なのだろうか、かなりやせ気味の若い女性がお茶を運んできてくれた。ミヤコさんが気を使ってだろう、再び出てきて、適当に話題を選びながら話相手をしてくれた。ひととおり言葉を交わすと話も途切れたので、彼女は再び奥へ引っ込んだ。

シンデン家は、かなり由緒ある家柄であるらしい。昔は、男女の差別が厳格で、食事の席順でも、入浴の順序でも、女は男よりも下（あるいはあと）という慣習があったらしい。子どものころ、隆文はそんなことを聞いたおぼえがある。話していたのはたしか伯母（父の姉）で、彼女はある日法事か何かで一族の人びとが寄り集まって食卓を囲んだ場で、独特のズケズケしたしゃがれ声で笑いながら、そんな話をしたのだった。伯母はシンデン家で生まれ育ったのだから、子ども時代の記憶が身に染みていたのだろう。たぶんそれはあの昭和の戦争が終わるまでの時代の話だったと思われる。隆文の知っている戦後の時期には、すでにそのような差別的な慣習はみられなかった。

彼が思い出すのは、昔のシンデン家の台所と食事部屋だ。縦長に続く暗い空間で、「カマヤ」と呼ばれる奥の広い土間にカマドと煙突があった。当時はガスコンロも電気釜もなく、「おクドさん」と呼ばれる土製の煤けたカマド（たしか二つか三つ並べてあった）に大きな鍋や釜をかけて煮炊きが行われた。新聞紙などにマッチで火を点けて、「火起こし（ヒヨコシ）」と呼ばれる火吹き竹で風を送った。燃料は、山から伐り出してきたマキやシバなどで、必需品として家屋の外に積まれていた。

カマドのある土間につながって、細長い板間の座敷があった。そこに古びてくすんだ木製の長い座卓が置かれていて、家族はそこで食事した。伯母が言っていた男女の厳格な席順というのは、そこでの話だったのだろう。

隆文が今でも思い出すのは、モリヒロさんの弟のヨシヒロさん（当時東京の大学の学生だった）が、夏休みに家に帰ってきた折に、よく釣りに出かけていて、いろんな魚を釣ってきて食卓に供給してくれた。そんな中に〈イナ〉という小魚があって、たくさんとれるせいだろう、竹串にさして、藁を束にして作ったものに突き刺して、台所の軒下にぶらさげていた。時が経つうちに乾燥して固くなったのを食事時に焼いて食べるのだが、それが隆文には格別に好物だった。川魚の小ブナよりも大ぶりで長身の魚で、乾燥したものは筋張っていて、歯ごたえがあった。

当時は隆文の家でも、川でとった小ブナやドジョウをよく食べたもので、余ったのを串にさして、乾燥させて保存していた。そのころ彼は、海のもの、川のものに関係なしに魚が大好物で、〈猫〉だといわれていた。

学生時代に、何かと物知りな友人がいた。〈イナ〉という干し魚を子どもの頃食べてとても美味しかったという話を隆文がしたとき、友人はその魚の講釈をしてくれた。何でも〈イナ〉は、川から海に下りながら成長していく〈出世魚〉で、〈オボコ↓スバシリ↓イナ↓ボラ↓トド〉と名前を変えるということだ。最後は〈トド〉で終わるそうで、「トドのつまり」という慣用句はそこからきた、と云々。

その後、事情があって、シンデン家は今の家に転居した。小ぶりになったその新しい家のオモテの間の長押《なげし》には、モリヒロさんの祖父と祖母、それに父と母の写真（いずれも和服姿）が額に入れてかけてあった。その中で最初（左）に掲げられている写真の人は、今では珍しい中折れ帽というのか、紳士風のシャレた帽子をかぶっていた。当時は和服を着ながら西洋風の帽子を被ることが普通にあったものらしい。これがモリヒロさんの祖父

（ということは隆文の祖父でもある）のサイゾウという人だということは、数年前にモリヒロさんから教えられた。サイゾウさんは本家のシンデン家から分家（いわゆる隠居）をして、新しくシンデン家を興した人だった。

サイゾウさんは、何でも地元の神社の宮司か役員をしていて、地域の名士のような存在だったらしく人望もあったということだ。そんな話を隆文は、記憶があいまいながらに、モリヒロさんから聞いたおぼえがある。

そのサイゾウさんは、モリヒロさんの言葉によると、そんな紳士であるにしては、「ずいぶん田舎びてザッとしたところのある人」だったそうで、「畑で大根を引いて川の水で泥を洗い落としたあとも、中途半端に泥がついたまま」というようなところがあって、そんなところが「シンデン家の伝統あるいは遺伝」なのだ、とかいう話だった。

モリヒロさんによると、祖父サイゾウさんが分家をする前のもとの本家には、先祖を遠くたどる系図が伝えられていた、という。その系図は遠く源氏の〈新羅《しんら》三郎〉なる人にたどり着くものであった、ということだ。

隆文がその話をモリヒロさんから聞いたのはつい三年ほど前のことだった。子どものころにも何かの折に、似たような話を誰か（モリヒロさんだったかもしれない？）がその場の人たちに向けて話すのを聞いたような気もするが、あるいは気のせいかもしれない。

〈新羅三郎〉といっても、隆文には、どういう人物なのかまったくわからなかったし、興味もなかった。その日家に帰ってから、さっそくインターネットで調べてみた。

なんでもそれは、〈新羅三郎義光〉と呼ばれた〈源義光〉のことで、「〈前九年の役〉（一〇五六～一〇六三）で武勇を天下に知られた〈源頼義〉」の三男（末っ子）で、その兄には長男の〈八幡太郎義家〉と次男の〈加茂次郎義綱〉がいた。

義光は、父がかなり年をとってから生まれた子で、長兄義家とは十五以上も年が離れていた。〈新羅〉といわれたわけは、彼が大津の園城寺（三井寺）の〈新羅大明神〉のもとで元服したからだそうだ。終戦前の〈国定教科書〉には〈新羅三郎〉の「美談」が載っていたらしい。

〈後三年の役〉（一〇八三～一〇八七）のとき、長兄義家（八幡太郎）の軍が奥州（出羽）で苦境におちいったのを知り、三男義光（新羅三郎）は朝廷に援軍として出陣することを願い出たが、許しを得ることができなかった。そこで彼はあえて官職を辞して、雪深い出羽まで馳せ参じた。兄義家は弟の情に感激し、まるで故・入道殿（父）が生き返られたようだと鎧《よろい》の袖を濡らした。云々。

モリヒロさんは、そういう教科書の時代に少年時代を送った。隆文はというと、戦争が終わって、国土が焼け野原になったあとの時代に小学校に入学した。

隆文は、近所の叔父（母の弟）の家の手文庫に、古い教科書が残されていたことを覚えている。それはカタカナで書かれていて、たとえば、「サイタ、サイタ、サクラガサイタ」「ススメ、ススメ、ヘイタイススメ」「オヒサマアカイ、アサヒガアカイ」「ヒノマルノハタ、バンザイ、バンザイ」などという尋常小学校一年生用のものをはじめとして、少し高学年用の、曾我兄弟の仇討ち話、楠正成の忠君話などの話が載ったのもあった。隆文はどんな面白い話が書かれているのだろうと好奇心に駆られながら読んだ記憶がある。

叔父は将来自分の子らが成長したら、父の時代にはこんな教科書が使われていたのだよと話してきかせるために、大切に残したのだ。その教科書は、叔父の子らに読まれる前に、まだ幼かった甥である隆文に読まれ、意味もない落書きをされたうえ、いずれへともなく散逸してしまった。

シンデン家の本家に伝わっていた「新羅三郎」の系図のことは、モリヒロさんは、「本物かどうかわからないけれど」と懐疑的な前置きをしながら教えてくれたのだった。もとより、系図などというものはいくらでも創作できるし、伝わったものが本ものであるかどうかは知りようもない。基本的には〈疑わしい〉といって間違いないものなのかもしれない。

もちろんそれはそうなのであるが、そうであるにしても、こういうことは話としてたいそうおもしろい。たとえ偽物であったとしても、それがそこに存在するに至ったそれなりの事情があったはずだ。モリヒロさんはそんな話にけっこう興味をもっているらしいことがうかがわれた。

祖父のサイゾウさんが亡くなったときの記憶が、隆文の中にかすかに残っている。隆文のことをとても可愛がっていたと思われる祖父は底の深い木桶に入れられていて、もう生きていないことがわかっていた。隆文はそれについて特別に何を感じるということもなく、玄関の土間に降り立ってぼんやりしていた。そのとき叔母が遅れて到着して、その場にいた人にこう言ったのが彼の記憶に妙に残っている。

「ヒサコに見せないで。見せたら泣くから」

〈見せないで〉といったのは、もちろん「お爺ちゃんの遺体」のことだった。ヒサコさんは隆文の三歳下の従妹で、変わりはてた姿の〈お爺ちゃん〉を見たらきっとショックを受けるだろうと、叔母は気づかったのだった。

叔母の言葉を耳にして、隆文は、自分はこの場ではそれほど重視されない立場だと自覚した。叔母が自分の娘の心をそんなふうに案じるのは当然だったが、隆文は、日ごろ叔母から可愛がられていると思っていたから、自分もヒサコさんと同じ程度には心配されてもいいのではないかと感じたのだった。

祖父のサイゾウさんについては、このときの記憶のほかには、隆文の中から何も出てこない。彼の配偶者である祖母については、小さな造りの顔や、地味で陰気な和服姿、隆文を何かとかわいがってくれたことなどが、彼の記憶の中に残っている。ただ、後に叔母が教えてくれたところでは、往時にはこの祖母は嫁（長男の配偶者のコヨシさん）に対して相当に気むずかしかったそうで、コヨシさんはずいぶん苦労させられ、気の毒だったという話である。隆文の中では、この祖母は、孫のことを猫可愛がりに可愛がる優しいおばあちゃんであった。

その日、従兄のお悔みにきて、昔のそんなことなどをあれこれと思い出しながら、隆文はしばしどうしようかと迷った。そばに寄り集まっていた人たちは、お互い顔見知りでもあるらしく、世間話で時を過ごしているようでもあるが、隆文には見知らぬ人たちであった。彼は、傍らで彼らの話を聞いているそぶりを見せ、それなりに笑みを見せてうなずいたりしながらしばらくいたものの、話に入り込んでいくきっかけをつかめないで、何となく間が悪かった。そのまま居座り続けても、言うべき言葉もなすべきこともない。気詰まりなままいても、家の人たちに気を遣わせることになるばかりだ。そんな思いから、彼は早々にシンデン家を辞去して家に帰った。

3

孫のところに行く予定が消え、シンデン家のお悔やみのこともひとまず片がついて、午後は時間が空いてきた。となると、自然の成り行きとして、懸案の中古車の件を片づけてしまおう、という考えが、生き返ってきた。

すでに一応の目星はついているのだから、後はその車について業者に質問して、それなりに信頼できると思ったら売買契約を結べばいいだけの話。問題は業者をどこまで信頼できるかだが、中古車の場合、それを言いはじめたらきりがない。金額はまあ納得、車の種類もOK。しかも、一日も早く手に入れたい事情がある。となると買うしかない。まず何はともあれ、買うのが一番。思案してもしようがない。買いさえすればそれで何ごともなく片づくはずなのだ。たぶん。

そう心に決めて、お目当ての車をもう一度確かめようと家を出た。考えてみると、迷う理由はただ一点、見かけはきれいな車がはたして〈何事もなく〉正常に運転できるかどうか、というところにつきる。見事〈普通に〉走るのであれば、多少の欠点などは目をつぶってもいいのだ。知識がないのだから、基本的には業者を信用するしかない。要するにまっすぐに走って、ブレーキもきき、ハンドルも普通に働くのであれば、何もいうことはない。万事ハッピーというわけだ。

いよいよ今回は、店の人に話を聞こうと考えていた。が、いざとなると心が決まっていないことがわかった。そこでひとまず家に帰ることにして、頭を休めるために少し寝た。しばらく休んでまた出かけた。もう一度お目当ての車を確認して、今度は〈ただもう何も考えない〉ことにして、店の事務所に入っていった。あてが外れたことに、中には誰もいない。その店は奥に整備工場を併設していた。

このままた先延ばしになってしまうのだろうか？　事務所の奥の方へ進もうとしてためらううちに、しばらくして、作業服姿の五十歳くらいの男性が奥から出てきた。

「はい、いらっしゃい」

口調からすると、どうやら店長らしい感じだ。

「車を見せていただきたいのですが」

すぐに別の作業服を着た同じくらいの年輩の男性が呼ばれて入ってきた。小さなテーブルに向き合って坐って、説明がはじまった。パソコンのモニターがそばに置いてあって、車の写真が映し出された。この店にある車、ほかの関連店にある車の写真が次々と出てきた。隆文が目を付けていた車も出てきた。やはりそれがいいように思われた。

「これがいいと思います」

「車を見ますか」

「はい」

担当者は目当ての車のキーを取ってきた。

隆文は車に乗り込んで前後左右に動かしてみた。

ハンドルの感触はしっかりしていて、いいようだ。ブレーキも問題なさそうだ。もちろんそれだけでは何もわかるわけがない。が、それ以上考えても同じだ。あとはもう運を天に任せるしかない。彼はその車にすると告げた。

再びテーブルにもどって、手続きなどについて説明があった。

今所有の古い車は引き取って廃車にする。廃車経費は店でみるが、買い取り代金は出ない、という。もちろんけっこう、大いに納得。彼はうなずいてみせる。

店長らしい人と担当者。朴実で信頼できる人のような気がした。商売だから当然のことだ。大丈夫。迷えばきりがない。

帰りに市役所へ住民票と印鑑証明書を取りにいった。印鑑証明書は廃車手続きにいるということだ。契約時に前金を十万円入れることになったので、銀行へ寄って貯金を下ろした。

心配することはない。案ずるより産むが易し。これでひとまず片がついた。車検や登録の諸手続きがあって、車の引き渡しは年明け十日過ぎになるということだった。

4

翌日の夕方、シンデン家でお通夜があった。モリヒロさんの弟のヨシヒロさんも、遠路千葉県から駆けつけていた。

隆文は、小学校低学年のころの何年か、夏休みをずっとシンデン家で過ごした記憶がある。

そのころシンデン家は電車で駅を五つほど行ったところにあった。モリヒロさん夫妻には、結婚後しばらく子どもができなかったために、祖母などが寂しがって、夏休みのあいだだけでも隆文を預かってくるようにと希望したのだった。その背景には、何年か前に若死した隆文の父親の思い出があっただろうと思われる。

夏休みにはいってすぐに、モリヒロさんが隆文を迎えに来た。モリヒロさんは電車でM市の会社に通っていて、夏のはじめに、通勤の帰りに隆文の家に立ち寄ったのだった。隆文自身は、せっかくの夏休みを自分の家で過ごすことを楽しみにしていたところだったし、行きたくないと嫌がった。けれども親に言いふくめられて、しぶしぶ言われるとおりになった。

モリヒロさんと電車に乗って、ホームに花壇のある駅で降りた。田圃のあいだを曲がりくねっていく田舎の道を歩いて、少し丘の方に登ったところにシンデン家はあった。家のすぐ横に畑や池があった。隆文はそこで毎日トンボや蟬《せみ》やバッタを追いかけ回って遊んだ。

モリヒロさんの弟のヨシヒロさんは、そのころ東京の大学に在学していて、隆文がシンデン家に着いて何日かあとに、東京から帰ってきた。隆文はヨシヒロさんに対して、いっしょに遊んでもらいたい、かまってもらいたい、というような憧れの思いを感じていた記憶がある。今でも思い出されるのは、ある夜、ヨシヒロさんが東京から持ち帰ったレコード盤から、少女時代の美空ひばりの『悲しき口笛』が再生されて、人びとがそれに聞き入っていたシーンだ。

丘のホテルの　赤い灯《ひ》も
胸のあかりも　消えるころ
みなと小雨が　降るように
ふしも悲しい　口笛が
恋の街角　露地の細道

流れ行く

この曲のほかに、「ねえトンコトンコ」という艶っぽい歌も混じっていた。彼はそうした唄に魅せられて、ますますヨシヒロさんへの憧れを感じたような記憶がある。ヨシヒロさんが川へ釣りに行くというと、いっしょに連れて行ってもらいたいと思った。ただ、隆文はひどく無口で、ぼんやりしていて、愛嬌もなく、おもしろみのない子どもだったので、ヨシヒロさんは彼にあまりかまう気になれなかったようだ。

ある時期、知らない男の子（年齢は隆文より二つくらい上だったようで、おそらくヨシヒロさんの母方の従弟でもあったのだろうか）が一週間ばかり泊まりがけでシンデン家にきていたことがあった。その子とヨシヒロさんとは気が合うのか親しい感じだった。その子はヨシヒロさんに軽口で話しかけ、ヨシヒロさんも軽くその子をからかった。隆文は自分もそんなふうにからかってもらいたいと思ったものだが、そういうことはいっこうに起こりそうでないことを知ることになった。

夏休みもいよいよ終わりに近づいたある日、宿題の工作がまだできていないことが問題になった。伯母がヨシヒロさんにそのことをいうと、ヨシヒロさんはさっそく隆文のために帆かけ船を作ってくれた。帆には白い布が張られ、スクリューもついていて、船らしい細工がしてあり、隆文にとってはできすぎた作品だった。

隆文は家に帰ってそれを母親に見せた。彼女はたいそう喜んだ。隆文自身は、自分で作ったのではないし、作れるはずもない出来映えだからそれを学校に提出することはとてもできないと言った。

新学期が始まる前の日に、叔父が隆文の家に来たとき、母親は「夏休みの宿題にこんなものを作ってきて」と、自慢げに見せた。叔父は隆文に「自分で作ったのではないだろう」といった。「うん」と彼は疚しい思いで答えた。「ヨシヒロちゃんに作ってもらった」

もう夏休みも終わりで、ほかに何を作ることも思いつけなかったので、結局彼はそれを学校へもっていった。先生やクラスメートから疑われる不安があって、教室の後ろに作品が展示されているあいだ、終始居心地が悪かった。けれども、結局、それはそれで何も問われることとなしに過ぎてしまった。

ヨシヒロさんと最後に出会ったのは、もう四十年も前になろうか、伯父（ヨシヒロさんの父）の葬儀の場においてであった。そのときヨシヒロさんは、北海道出身という彼の若い奥さん（とてもきれいな標準語を使った）といっしょで、姉と弟の二人の子どもたちはまだ小学生だった。隆文は男の子のために近くの丘でクワガタムシをとってきてやった。

「クワガタだ、お父さん、クワガタだ」と男の子は喜んだ。カブトムシやクワガタムシは、隆文にとっては、子ども時代から馴染みのものだった。

オモテの部屋の仏壇の脇に立派な祭壇がしつらえられ、その最上段に額に入った故人の写真が立ててあった。その背後の壁には十三人の仏を描いた掛け軸が掛かっていた。祭壇の両脇には内から電光で照らされて回転する蓮の花の飾り物が置かれて、きらびやかな印象を与えていた。

ヨシヒロさんは、最初、隆文を見分けることができないでいる様子だった。彼が近くへ寄ってきた折をみて、隆文は挨拶のつもりで軽く頭を下げて会釈して見せた。相手は一瞬隆文を見て軽く礼を返したものの、何も言わないまま、かわしていった。無理はない。隆文の方でも最初彼がわからなかった。モリヒロさんの奥さんが「ああ、ヨシヒロさん」と言うのをきいて、彼だとわかったのだ。そうとわかると、たしかに彼であるにはちがいなかった。

今は頭がかなり薄くなっているし、顔つきにも目立った衰えが出ている。あらかじめそのつもりがなければ、なかなか見分けられなかったと思われる。老いということにかけては、もちろん、隆文自身もそれに劣らず老いているのである。

そのうちにヨシヒロさんは、こちらに気づいたらしく、気さくに話しかけてくれた。

はっきりは言わなかったが、何か重い持病をもっているような話だった。話が途切れたあとで、ヨシヒロさんは隆文にいった。

「昔のシンデンの家を覚えている人は、いよいよいなくなったね」

そのとおりだ。あのころのシンデンの家を知っていた祖父や祖母はもちろんのこと、伯父も伯母もいとこたちも、次々この世から去っていった。

お寺のおじゅっ（住持）さんは、お通夜の定刻少し前にきた。挨拶をして、袈裟をつけて、お経を唱え始めた。僧侶というだけで、それなりの雰囲気を供えているように思われ、興味を引くに足る人物のような気がして隆文は関心をもって見ていた。読経が終わって、おじゅっさんが帰ると、一座の中の隆文と同じくらいの年輩の女性が、あの坊さんはいい加減な人だという話をはじめた。彼は彼女の住む地域の寺の住職でもあるようで、昔、彼女の家が葬儀を頼んだとき、彼は予約を忘れて同じ時刻にほかの家の葬儀に行っていたというのだ。彼女はかなり手厳しい調子でその話をした。不信感は相当に根強いらしかった。横にいたかなり老輩の男性が「そりゃあ、坊さんも人間じゃからのう」というと、一座に笑いが起こった。

見回すと、法事に参列している人たちの中心は、モリヒロ夫妻の子どもたち夫婦や、孫夫婦、その縁者たちで、隆文の時代の親族たちは少ない。顔を見知って話しかけてくれる人もいない。いつのまにか、シンデン家の親戚は、隆文には縁の薄い人たちが中心になっていて、とっくに一時代が過ぎたのだ。もちろんシンデン家にとっては、そこに集まったのはみんな身近で欠かせない人たちばかりなのだけれども。

若いころから、ヨシヒロさんは、闊達に話す人だったはずだ。その彼がいったん人びとの話に入っていったかと思うと、やがてそこから抜け出して、寡黙に閉じこもる様子なのを見ると、隆文は改めて彼という人物を見直す気持ちになった。かつて幼いころ「遊んでほしい」と憧れたことがあった。その彼はこういう人だったのだろうか。たぶん彼の中には、叔父である隆文の父の思い出も残っているにちがいない。彼にとって父はどういう人だったかを尋ねてみたい気がする。しかし、どうやらそれは気恥ずかしくてできそうもないと感じた。ヨシヒロさんのこうした様子の中に、父に似た面もあるのではないか、と彼は想像した。

多くは顔を知らないし、なじめない人たちばかりになってしまったが、同時に隆文は、同席した人たちに興味を感じた。従兄夫婦から派生した家族がここにこんなふうに寄り集まっている。孫世代に当たる若い人たちやその配偶者、ひ孫にあたる幼い子どもたちもいる。それぞれがそれぞれの特徴をもって集まっている。世間ではいたるところで、こんなふうに家族と縁者が生み出されている。人が生きることに伴って生じる深い喜びや癒しや心の安らぎや希望がここにはある。他方では、生存から不可避的に生じてくる数々の辛苦や不安、救いがたい悩みが生み出されているのだ。

5

年末に中古車の契約が完了したあと、外出するたびに、隆文の心の注意は、道路を行き交う車や駐車場に停車している車に向かうようになった。

普段はまったく関心がなかったのに、間もなく車が入ると思うと待ち遠しく、同じ種類の車を見かけると、その都度、これと同じ車が間もなく手に入るのだと、空想をふくらませた。よく似た外形の車が何種類かあって、メーカーごとに微妙に違っている。その違いをかなり正確に見分けられるようになった。そんなふうにあれやこれやと思いを馳せながら、至福といっていいような何日かが過ぎていった。

正月二日に、Tモータース商会の前を車で通ったとき、店先に並べて展示してあったはずの車がごっそりなくなっているような気がした。

おや、おかしいな？　最初は気のせいかと考えた。しかしいちおう確かめておかないと考えて、もう一度店の前を走ってみた。やはり展示場はまったくの空っぽだった。どうしたのだろうか？　正月なので、店が休む。そのあいだ商品にいたずらをされたらいけないので、どこかに移動させているのだろうか。たぶんそうすることはこうした業界ではあたりまえのことなのだろう。そんなふうに考えて納得しようとした。そう考えると、たしかにそんなこともあるような気がした。しかし、はたしてそんなことがあるだろうか。よくよく考えてみると、どうもありそうでない。さらにもう一度店の前を通ったとき、展示場だけでなく事務所の中も空っぽになっているように見えた。これはいよいよおかしいとしかいいようがない……

しかし信じられない、年末に契約を交わしたばかりではないか。年明けに店を閉めるとわかっているなら、あんなふうには応対しなかったはずだ。だとしたら、はっきりとだますつもりで年末に夜逃げして姿をくらます考えだったとしかいいようがない……それにしてもおかしい。前金の十万円をだまし取る？　後に五十万円がまだ入るというのに、十万円だけ受け取って夜逃げするだろうか？　ありえない……そう考えたものの、店が空になっていることは〈紛れもない事実〉である。たとえ営業不振で倒産したのだとしても、たぶん取引だけは最後までやるのではないか。そのうちに連絡がくるにちがいない。いや、しかし、それにしても何の連絡もないのはあまりに無責任であるし、やはりどう考えてもおかしい……

今から思うと、しょぼい感じの店だった……と、そんな気がしてくる。応対した人の印象もしょぼい感じだった……これはいよいよやっかいなことになったぞ。警察へ行かなければならないだろう。前金の十万円が失われることもやっかいだが（十万円あれば買わないで我慢してきた電化製品も買える）、それよりも、またはじめから、どの車にしようかと迷いながら探し回らなければならないことを思うと、非常にやっかいなことのように思われた。車探しにはほとほと嫌気がさしていた。

どちらにしても、〈事実は事実〉で紛れもないのだから、いよいよ覚悟してかからなければならないだろう。

念のためもう一度行って、空になった店の事務所の前に立ってみた。すると意外な展開――入り口のドアのガラスに小さな張り紙がしてあって、

当店は左記へ移転しました。
○○市○○一一一番地

移転先の店の略地図が記されていた。一キロほど離れた国道沿いで、××レストランの斜め前ということだ。そのレストランは隆文も何度か入ったことがあって、よく知っていた。

さっそく店の前を通ってみると、看板があがっていた。前の店より広いスペースに中古の車がずらりと並べてあった。年末にそこを通ったときには、たしかそんな店はなかったはずだ。

それから十日後に、Tモータース商会から電話が入った。

翌日夕方、残りの代金と引き替えに、めでたく無事に、滞りなく車が引き渡された。

6

四月のある午後、電話が鳴って、このところ無関係な不動産や投資のセールス電話が重なったため、隆文は、拒否的な構えで受話器を取ったのだったが、

「M市の高木シゲミです」

そう聞くだけで、もしかしたら（いやまちがいなく）叔母に事があったのだという思いが、脳裏に浮かんだ。隆文は耳を澄まして次の言葉を待った。

「昨日、おばあちゃんが亡くなりまして」

あっさりした言い方で、声も平明で、しっかりしている。

もちろんそれはこういう場合に人に対して見せる普通のトーンにすぎない。内心は平静

ではないだろう。これから慣れない葬儀や何やかやを乗りきらなくてはならない。頭はパニックになって大変だという思いが渦巻いているにちがいない。

「ええ！」と隆文はちょっと驚きの声をあげた。

けれどもそれは演技のようなもので、叔母がいつ亡くなってもおかしくない状態であったことは、ここ数年の状況から十分にわかっていた。あまりあたりまえのように受け入れては、情がなく冷たい印象をもたれると感じたのだ。

叔母は、もともと隆文にとって従姉であったが、隆文の叔父（母の弟）と結婚したために、叔母ともなったのだった。そのために隆文にとって、彼女は従姉というよりも、叔母であった。従姉といっても、親が結婚した年齢が離れていたので、二十歳くらい差があった。

叔父夫妻には、隆文は幼いころからずいぶんお世話になった記憶がある。彼の母親が比較的早く故人となったこともあって、夫妻は、彼の身を何かと案じてくれた。二十歳代で隆文の就職が決まったときには、叔父は仕立屋を呼んで背広を新調してくれ、ネクタイの結び方を教えてくれた。

叔母の死を電話で報せてくれたシゲミさんは、叔母の長男・テツオさんの嫁で、一家は「おばあちゃん」とシゲミさん、息子、娘との四人暮らしだった。日本の家庭において通例そうであるように、彼女は義母のことをおばあちゃんと呼ぶのである。ご主人のテツオさんは三年前に故人となっていた。K市にある大手会社に勤め、四十歳を過ぎたころ重い病を患ったが何とか立ち直って、いよいよ定年間近までこぎつけて、退職後の生活をあれやこれやと楽しみにしていた矢先の心臓発作だった。残された息子は、このたびようやく大学を卒業して、地元の市役所に勤めはじめた。娘は大学院生で、医学を専攻している。

「簡単に身内だけですませようと思うの」とシゲミさん。「遠方だし、家も狭いので、お通夜は来ていただかなくてもいいのですけれども、できましたら明後日のお葬式に参列していただけたらと」

葬儀の場所は、Q市にあるエテルネ何とかという会館で、式典は十時半から、とのこと。

「事前にいろいろ説明があるそうで、できれば十時にお願いします」

「エテルル？」

「エテルネ東山……東山駅から南に歩いて十分くらいです」

「東山駅の南、十時ね。はい、行けばわかると思います」

隆文は、電話機の横にあるメモ用紙をとって書き留めた。

「お忙しいところをすみません。生前からおばあちゃんは、死んだらお葬式にタカフミちゃんを呼んでと言っていたの」

「前からよくなかったの？」

「いえ、からだはわりあい元気だったのよ。ただ、最近はちょっと認知症のような症状があって。お風呂に入って、湯水に顔をつけて亡くなっていたの」

「もう何歳でした？」

「八十五歳」

一年ほど前までは、隆文のところにも、叔母から年に何度か電話がかかってきたものだった。

「あ、タカフミちゃん、今忙しくない？ ちょっと話してもいいかしら？」と、叔母はまず断りをいうのだった。

どうして彼女は面白くもなく頼りにもならない自分などに電話をくれるのかと隆文は思ったものだが、叔母としては、深刻で抜き差しならない事態のなかで苦しんでいたのにちがいない。彼女は常人以上にあれこれと思って悩む性分だった。そんな状態の中から、ときにどうしようもなく苦しい思いになって、電話してきたのに違いなかった。

電話で叔母は、型どおりに隆文の家族の安否などをたずねたあとで、心の中の苦しいありさまや心配なことをそのままに話してくれた。こちらはそんな叔母の話を聞きながら、その日々と心の状態をおもんばかり、どう答えたらいいものかと困惑しつつも、「うん、うん」とうなずいてみせた。「時間が経てば落ち着いてくるかもしれない」とか「自然治癒力というのも働くらしいからね」とか「体を温めたら治癒力も上がるそうだ」とか、よくわかってもいない適当な言葉をいうほかなかった。

叔父は、会社を定年退職したあとも五、六年くらい臨時職員として働き、その後は家で趣味の生活を送っていたようだった。庭で盆栽を育てたり、絵画教室で手習いして覚えた日本画風の花や植物の絵を描いたりして、老後を悠々自適に送れるはずだった。そんなところへ、大震災が降って湧いた。家の中が大規模に破壊され、大改修が必要になった。何とか住居を修復して落ち着くことができるようになったものの、そのときの労苦がたたったのだろうか、間もなく叔父は、病を患ってこの世から去ってしまった。

その後、残された叔母の虚脱状態や苦しみのことは、ときおりかかってくる電話から察することができた。

しかし、それだけなら叔母も、まだ、普通一般によくあることと考え、何とか不幸を受け入れて、年月が経つうちに自然の力で立ち直ることもできただろうと思われる。

その後何年かして、娘のヒサコさんが入院して手術を受けることになった。ヒサコさん一家は叔母の家から電車で二駅離れたところに住んでいて、叔母一家とは常時行き来していた。隆文が、見舞いに行かなければならないか、行ったらかえって迷惑かと気をもんでいたところ、三か月後、ヒサコさんが退院した、という電話が叔母からあった。通院しながら抗ガン剤治療を受けて元気になっているというので、隆文はしばし安堵していたのだった。ほどなくして、ヒサコさんが肺炎を併発して死亡したという報せがあった。

叔母にとってそれがどんなに大きな打撃であるか、それに対して当方からいうべき慰めの言葉などありえない、ということを隆文は感じた。

さらにその数か月後に、追い打ちをかけるように、長男のテツオさんが突然心臓発作で亡くなったのだった。

まさか〈まったくありえないこと〉、〈あるはずもないこと〉……愛する長男と長女が、まだ若い身で、相次いで帰らぬ人となったのだ。

こんなことは、叔母にとって、予測も了解もできないことであるにちがいなかった。近くにいて頼りになる話し相手でもあった息子と娘を突然失って、叔母は言葉ではいいようのない苦しみ、混乱を感じたにちがいない。それ以来、彼女はかなりひどい虚脱状態、うつ状態になって、何度か電話を隆文のところへもかけてきたのだった。

とくに叔母と娘のヒサコさんは、昔から切り離せない友だちのように〈ウマが合う〉ようだった。

昔、ヒサコさんが結婚して家を離れたとき、叔母は娘を「向こうの家にとられた」といって、寂しい心境を語ってくれた。そのときの叔母の言葉を隆文は鮮明に覚えている。

「〈やけ酒〉というのはよくいわれるけど、〈やけ食い〉というのもあるのね」と彼女はいうのだった。「ヒサコが結婚して、そのことがはじめてわかったわ。大事に育て慈しんできた娘をとられたという気持ちなのね。むやみに食べたくなって、ほんとうに恐ろしいくらいに食べてしまうのよ」

「娘が結婚しても、母親は娘を自分の方の近くに置きたいと思うものなのよ」と別のときに叔母はいった。「ヒサコたちが新居を探すとき、相手の家にはお気の毒だと思ったけれども、こちらの近くになるようにしたの。家から二駅離れた先でちょうどいいのが見つかってね」

「おばちゃんが死んだらお葬式に来てね」という言葉は、隆文も何度か、彼女からの電話できいていた。

戸惑いながらも、彼はただ低めの声で「うんうん」とうなずいて見せるしかなかった。「死なんてそんなことはいわないで」と励まさなければと思うのだったが、そう思いながらも、何年すぎても身内を失った苦しい状態が続いていくことは彼女にはどうしようもないことだ、それは確実に彼女の存在を破壊し続けるだろう、それはどう慰めることもできないことのようだ、という思いを感じたのだった。

「ごめんね。長々としょうもない話をして」と電話の最後に叔母はいうのだった。「話したら頭がすっきりしてきたわ。あれこれ考えていると、心がパニックになって、苦しくて、もうほんとうにどうしようもなくなるの」

一年あまり前の最後の電話では、彼女は、孫や子どもや知人の名前を取り違えたり、明らかに認知症的な障害が生じていると思わせるものがあって、傷ましかった。

葬儀の日の朝、バスと電車を乗り継いだあと、隆文が乗った電車が東山駅に着いたのは、十時五分前だった。急いで歩いていったが、会場に着いたときには十時を五分ほど過ぎていた。すでに人びとは参集していて、事前の説明が行われていた。

会場の担当者から、焼香の作法などの説明があったあと、参列者の座席順序が読み上げられた。参列者はほとんど親戚だけのようだった。叔母の妹たちも列席しているはず、出会って話せるのではないか、と隆文は思っていた。

亡くなった叔母は三姉妹の長姉でトミコさん、真ん中はサカエさん、末娘はミサコさん。仲がよく、親戚のだれかが「おしゃべり三姉妹」と揶揄したように、三人寄ると際限もなくしゃべるという印象があった。この姉妹は、その母親である隆文の伯母とともに、彼の幼いころの思い出のなかに明瞭な印象で残っている。このたび亡くなった人は長姉で、八十五歳になっていたというから、二人の妹ももちろんそう若いわけがない。

座席が決められていて、参列者の名前が席の順に読み上げられた。彼女たちの名前も呼ばれた。当然のことながら、やはり列席していたのだ。

隆文の横に、相当な高齢と思われる小柄な女性がきた。背中がかなり曲がっている。その隣に上品そうな同年輩の男性が坐った。夫婦らしい。こちらは、ほとんど知らない人ばかりだと思っているので、挨拶しないで知らぬ顔をしていた。

「ご参列ありがとうございます」と隣の人は頭を下げた。「牧田です」

牧田さん？　ああ、そうか、彼女はシゲミさんのお母さんだったのだ。そういえば、隆文は、何年か前、法事の席で出会ったことを思い出した。

故人のことを話題にするうちに、牧田さんはこんなことを話してくれた。

「いつだったか、電車で二駅ほど離れた町までいって発見されたことがあったのよ。買い物に出たとき、街で見かけた人を娘のヒサコさんだと思って追いかけていったようなの」

花を手向けるとき、叔母の顔はきれいに化粧されていた。

火葬場へバスで移動し、再び会館にもどって、食事が出た。

隆文のとなりにヒサコさんのご主人が座った。彼は隆文とほぼ同年輩、恰幅のいい体形で、奥さんをなくしたあと、二人の子どもたちはそれぞれ離れたところで暮らしていて、今は一人さびしい生活を送っているにちがいない。父親から引き継いだ会社を経営していて、東北の大震災で被災した福島原発のために、窒素ガスを納入する仕事にもかかわった、という。

彼についてこれまでこれという目立った印象をもっていなかったが、接してみると意外に明るく闊達にしゃべる人だ。話を聞いていると、いろいろ話題も豊富でおもしろい。中国や台湾へも仕事で行くことがあるという。つい最近も台湾へ行ったそうで、現地の事情をあれやこれやと具体的な詳細を交えて語ってくれた。

彼の話では今中国や台湾は経済的に大活況で、高度成長時代の日本のようなものだということだ。隆文は興味を感じながら耳を傾けて聞いていたが、残念なことに、その詳細を何一つ記憶に刻みつけることができなかった。

食事のあと、再び骨拾いのためにバスに乗り、それからまた会館にもどった。この分だとどうやら従姉たちとは同席しないで終わる成り行きのように思われた。もちろんそれはそれでいい。それほど話したいというわけでもない。

会館の同じ部屋で、初七日の法要があった。初七日は、もともと死後数日後にとり行ったものらしいが、人びとに何度も参集してもらうのは気の毒ということで、簡略化して葬儀と同じ日に執り行うのが慣例になっている。

その法要は葬儀と同じ部屋で行われた。隆文は一番後ろの席の隅に座った。たまたまちょうどそこへ、故人の妹のミサコさんが来て座り、その次にサカエさんが詰めてきた。となると、自然の流れで、昔を懐かしむ話題が起こった。二人の従姉たちはかなり親しい感じでしゃべってくれた。とくに末娘のミサコさんは、母親譲りなのだろうか、ざっくばらんで愛すべきおっちょこちょいという感じが昔と変わらずあった。それに比べると、中の娘のサカエさんのほうは、落ち着いていて抑え気味という感じだった。他方故人となった長女のトミコさんは、神経質で過剰に気を使うタイプだった。この三人は仲がよく、寄ればぺちゃくちゃとおしゃべりする。今は一人欠けてしまったけれども、彼女たちは、さっそく共通の話題である隆文の父親や母親の思い出を話してくれた。当方が描いていた像とはかなりちがうところもある。

隆文の母は、彼女たちには、「きれいな人」しかし「きつい人」という印象だったらしい。「きつい」というのは特に父に対してのものだったようで、それで父は気を遣って小さくなっていた、という。ミサコさんは話の中で「きつい」と「きれい」を何度か繰り返した。隆文のもっていた親のイメージとはずいぶんちがっている。

「お父さんはしばらく東京市役所に勤めていたのよね」とサカエさん。これも隆文には初耳だった。「東京弁で話して、だってよー、という感じ、ハイカラな文化人という印象だった。尺八が上手で、私たちに童謡を吹いて聞かせてくれた」

幼い頃隆文は、自分の家の玄関のあたりで、華やいだ印象の彼女たちを見た記憶がある。彼女たちの生まれは大阪だったが、空襲を避けて田舎へ疎開してきていた、ということらしい。（これも隆文には初耳のような気がした。）彼女たちは母親に連れられて、隆文の家へ何度か来たし、泊まって帰ったこともあるという。彼女たちの母親は、隆文の記憶の中では「あねご」という感じで、とても鷹揚でざっくばらんに遠慮のないものいいをするひとだった。弟である隆文の父親を格別にかわいがって大事にしていたということだ。

隆文の記憶の中では、従姉たちはにぎやかで、はなやいでいて、あれこれと幼い彼に関心をもってかまってくれた。隆文の叔母になった長姉のトミコさんは、当時流行の歌『リンゴの唄』『鐘が鳴る丘』『青い眼の人形』などを隆文に教えてくれた。そして従姉たちの求めに応じて、隆文は、そうした歌を見事歌って見せた。

従姉といっても、そのころ隆文はまだ四歳くらいで、姉妹のうち下の二人は中学生か高校生というところだったのだろう。考えてみると、この二人とは、ごく幼い頃の二度か三度の小さな出会いがあっただけで、その後ずっと会う機会もなく過ぎてきた。今になって懐かしさが残るのは、不思議であった。

「お父さんが亡くなったとき、隆文ちゃんは何歳だった？」

「三つくらいだったと思う」

「お父さんは実家に帰っていて亡くなったのよね」

「え？　そうなの？」

それは知らなかった。いや、記憶を探れば、ずっと前のいつか聞いたことがあったかもしれない気もする。

父はシンデン家から養子としてわが家に婿入りしてきたのだった。

「今でも覚えているけど、お父さんは戸板に乗せられていた」とミサコさんは言った。

これもずっと以前、たぶん同じ人からだろうか、聞いたことがあるような、ないような気がする。隆文の記憶にはこうしたことがすべて抜け落ちていた。わずかに残っていたのは、あるとき自宅に人びとが集まっていて、彼は亡き人の長男として霊柩車に乗ることをすすめられ、車の座席に座った、という記憶である。

「話していると懐かしいね」とミサコさん。「これはきっとトミコちゃんが引き合わせてくれたんやで」

「うん、ほんとうに」とサカエさんもこれに応じる。

トミコちゃんが引き合わせてくれたという言葉を、ミサコさんはその後の話の中でも何度か口にした。

隆文は四か月ほど前に従兄のモリヒロさんが亡くなったことを話し、その葬儀のとき弟のヨシヒロさんも、千葉から来ていたことをいった。

「ヨシヒロちゃんもきていたの？」

「うん、ヨシヒロちゃんもどこか持病があるようなことを言っていた」

「そうなの」

彼女たちは懐かしんでいる様子だった。

「いつかモリヒロちゃんからいとこ会をしようという話があったのよね。でも実現しなかった」

「ほんとう？」

「残ったいとこは四人になってしまったね」

「うん、このまま別れたらもう会えないかもしれないね」

「出会えてよかった」

それは空から来た

1　金色の美しい物体

　ぼくは田舎の道を歩いていた。田んぼの中を曲がりくねって続く通学路で、昔かよった小学校のすぐ近くのようだった。朝の通学の途上のこと、向こうに学校の土手と建物が見える場所まできていた。

　そのとき、何か小さく光るものが遠くの空に見えて、すぐに消えた。金色の美しいものだった。

　さらに進んでいくと、再び金色の輝くものが行く先の空中に現れた。それは弓なりに反った細長い物体で、キラリと光っていて実体感があり、黄金の弓のような、あるいは剣《つるぎ》のような、いや、そうだ、ちょうどブーメランのような形だった。それがゆっくりと上空から降りてきて、かなり大きく見えるところまで来てからまた上昇した。動きはとても静かであるが、一瞬にして大きくなりすぐまた小さくなるというふうだった。朝の登校時、ほかにもランドセルを背負った子どもたちが三々五々学校のほうへ向かっていた。

「UFOだ」

なぜかぼくはそう思い、不安を感じた。

「でも、ぼくのところへ降りて来ることはない……ほかにも子どもたちがいるのだから、あてずっぽうに選んでも、まさかぼくにあたることはないはず……」

ところが、そいつはほかならぬぼくのところで降下をはじめた。

「まさか……それはない……」

金色の美しい光を発する物体は、ぼくのすぐ目の前に降りてきて静止した。ぼくは当惑した。いったい何をされるのだろうか。注射されたり、身体の中をいじくられたり、そんなことになるのではないだろうか……

そこで眼が覚めた。

非常に鮮明で印象的な夢。ＵＦＯが天から降りてきて、ぼくの中に何かしら得体の知れないものを注入し、ぼくの身体をある特別なものに変えた。目がさめた後もなおその作用が続いているような感触がぼくの中に残っていた。

2　今日の夕食のおかず

ぼくは応接間のソファに身を横たえている自分を見出した。さきほど本を読んでいる途中、むしょうに眠くなったのを覚えている。すぐそのあと、眠り込んでしまったもののようだった。しばらくすると、キリギリスが奏でる弦楽器の調べが、その場の空間にきれいな曲線を描いていることに気づいた。

チョン――　ギーース――

九月十五日の午後二時すぎ。外は曇天模様。

昔子どもたちはその虫のことを鳴き声から「チャンギリス」とか「チョンギリス」とか呼んでいた。

発する源は窓のすぐ外の庭の隅のようで、注意を向けて聞くととても好ましい音色である。さっきからずっとそこで奏でられていたにちがいないのに、ぼくはいっこうに気づかなかった。さらに思いをいたすと、この夏ずっと聞こえていたにちがいない（かもしれない）のだが、このとき初めてぼくはその存在に気づいたのだった。

気づかないでいるあいだそれらはそこに存在しない。気づくとたちまち存在しはじめるのである。

その声は子どものころの昔からよく知っているもので、「チャン（チョン）」と鳴いてから、一瞬間《ま》を置いて「ギー……ース」と空間に美しい弧を描く。弧は下方から斜めに投げあげられて地面に向かって落ちていく。落ちる途中で空中に消える。注意して聞いてみると、その音は「チョン（チャン）」というよりは「チッ」と聞こえる。どこか下の方でまず「チッ」と乾いた摩擦音を発しておいてから、おもむろに弦をこすって軽やかな弧を空間に描き出すのである。次から次へと弧は投げあげられていく。そのうち気づくと、どうやら一匹ではない。あちらこちらにいくつか音源があるようだ。そうするうちに遠くからコオロギが背景音を奏でていることに気づく。スズムシの音もときどき混じってくるようである。

　しばらくその音に聞き入ったあとで、ふとわれに返ると、夕食のおかずのことに思い至る。

「さて……」とぼくはいつもの悩ましい考えにもどってくる。「今日の夕飯は何にしたらいいのか？　きのうはおでん、おとといはすき焼き、その前はお好み焼き……」

　定年退職を迎えてから、ぼくは家庭の主夫業を担当することになった。ほぼ毎日、市内のスーパーマーケットに寄って食料品を買うことが日課となった。買わなければならない食料品が、日々追っかけるようにあれこれ出てくる。「冷蔵庫のニンジンがあと一本しか残っていなかったな。タマゴが残り少なくなったようだ。たしか豆腐ももうなかったな。忘れずに買わなければ……」

　最初のころは一週間分をまとめて買いだめすることを考えた。共稼ぎで、ひどく忙しかったとき、妻は通常一週間分くらいの食料品を買いだめしていた。彼女はけっこう豪快にあれもこれもと買うので、いつも冷蔵庫が満杯状態だった。ただ、そうすると賞味期限などの関係で、無駄に捨てる品物が多くなる。それに買い物に出ることは、生活に変化とアクセントをつけて、気晴らしになるという面もあった。運転する車の中で音楽を聴き、スーパーマーケットの駐車場で本を読み、思いついたことをメモする。そんなとき意外に脳が活性化して、おもしろい着想が浮かぶのである。

ここ数日、次々とそれなりのメニューがあって、まずまず満足にすぎてきたという気がしていたものの、そろそろ種がつきてきた感がある。いや、手持ちのメニューはまだまだあるのだが（数えてみると自分ながらそんなにあったのかと驚くほど）、このところの自分の食欲感覚に尋ねてみると、どれもみなイマイチという気がするのである。品は数々あっても、いずれもすでに何度も繰り返し作ってきたものばかりで、新味がない。どれを取り出してきても、それを食べる人から、「ええ？　またあ？　うんざり……」と思われそうな気がする。まずいと思いながら我慢して食べてくれるのでは困ったことである。ヘタをするとムシの居所が悪くて、容赦のない手厳しい言葉を浴びるはめになるかもしれない。

「何かもっと美味しい料理を覚えてよ。料理の本とか、新聞とか、テレビとか、インターネットとか、いくらでも勉強する場があるでしょ？　いったい毎日何をしているの？　いくらでも時間があるのだから料理教室に通ったらどうなの？　家にいても何の働きもないのなら、仕事に行って少しでも稼いだほうがいいのでは……」

「ム、ム……」

一年あまりのあいだ、毎日、家族の夕食担当を続けてきた結果、けっこうぼくの料理品目も豊富になってきたと今は感じ始めている。カレーライスやシチュー、スパゲッティ、焼きそば、卵焼き、ほうれん草のおひたし、みそ汁などは、現役で働いていたときにも、疲れがちな妻の助けにとしばしば作り慣れてきた定番メニューであるが、退職後、料理の本を見ながら新しく作るようになった肉じゃが、親子どんぶり、手巻き寿司、すき焼き、お好み焼き、キムチ鍋、マーボー豆腐、ちらし寿司、てんぷら、ポテトサラダ、オムライス、肉詰めピーマン、キュウリの酢の物……さらには折々の野菜を使った炒め物、あえもの、煮物の類、その上に手間をかけないでほとんどそのまま食べられる納豆や大根おろし、かつおのたたき、出来合いのトンカツ、鶏の唐揚げ、等々……等々……数えてみればメニューの品数は実に豊富ではないか。妻がいつも作っていたものを頭に描きながら、料理の本などを見て、自分なりにやってみてなんとか覚えたものである。問題はその味や出来映えで、かなり手慣れてきたとは言っても、どうも自分の料理の手際、センスは、安定性と細やかさに欠けていて、とうてい妻のようにはいかない、と自分ながらにも感じるところがある。

一年ほど前に結婚した長女のトモコが、たまに来たとき料理を作ることがある。箸にも棒にもかからないと思っていた娘だが、さすがに現代っ子、グラタンだの、ピザだの、バスタだの、鮭の切り身をフライパンで炒めてチーズをのせて溶かしたのだの、ハンバーグにニンジン、ポテト、ピーマンをそえたのだの、もっぱら現代風のシャレたものを作る。そういうときには、妻は「おいしいね」と誉める。

父もたまにそういう料理を作ればいいのだが、そういうのはややこしくて難しい、現代風の料理のセンスが自分にはない、試してみても失敗する、という強迫観念があるのだ。以前新聞の料理記事を見ながら試してみたことがあったが、見事に失敗した。何度かやってみれば案外簡単にできてしまうのだろう、そのうちに挑戦してみよう、などと思うものの、いまだにその領域に踏み込めないままだ。

トモコの料理は現代風のものに片寄りすぎている。そのうえ太ることを気にして、食べる量が極端に少ない。父は、食べ物と健康についての本をいくつか読んだ影響で、以前から娘一家の食生活を気にしていて、「それでは身体の抵抗力が弱くなって、病気になりやすくなるよ」と言ったりする。が、あまりうるさくいっても反発を感じるだけだろうと思って控えている。結婚する前のいつか娘に『和食のすすめ』という本を渡し、「これを読んでみて。別にこのとおりしなくてもいいんだよ。基本的な考え方がわかればいい」と言うと、彼女は読んだようである。その結果変わったかどうかは何ともいえないが、食生活に多少でも関心をもつようになってくれればと思うのである。

幸いなことに、妻は戦後の貧しい時代を知っている人なので、野菜の煮物やおひたしとか、みそ汁とか、大根おろしとか、わけぎの味噌あえとか、昔ながらの食べ物に親和性をもっている。ぼくが作る定型的でちょっと旧時代的な色合いの濃い食事でも、基本的にそう違和感をもっていないようである、とぼくは勝手に思っている。ただ、ときどき（しばしば？）、そうとはっきりいわないながらも、「食傷する」ようなのである。

昔、子どもの頃、母が近所の人との立ち話でこんなことを言うのを何度か聞いたことがある。

「来る日も来る日も、今日のおかずを何にしようかと考えるのは嫌やねえ」

それをきいたとき、ぼくは、世の主婦たちが毎日の食事を準備するために頭を悩ませ心を痛めていることを知った。今まさに、それと同じことをぼく自身が実感することになった。

ぼくが退職した最初の頃、妻は仕事から帰って夕食の食卓に向かいながら、子どもに言ったものである。

「仕事から帰ったとき、夕食ができているのは、ほんとにありがたいなあ」

かつて、毎日、勤めから帰る道々、彼女は「夕食は何にしようか」と思う憂鬱を経験してきたのだ。仕事と主婦業をかけもっている状態で、日々離れ業のような奮闘を余儀なくされたのにちがいない。その気苦労、心の重荷から解放された喜びを、彼女は直接ぼくにではなくて子どもに向けて語ったのである。けれども、その後、それに慣れてしまうと、そういう言葉が彼女の口から聞かれることもなくなった。

「夕食に何を作るか」について、いよいよ決めなければならなくなった午後、突然、台所のストックにヒジキが残っていたことがひらめいた。「ヒジキ、うん、ヒジキ、うーん……」とぼくは思った。「これで満足してもらえるかどうか……」

ぼくが最初にヒジキの煮物を作ったのは、夕食担当になってから、三か月ほど経ったときだった。かつて妻がたまに作っていたヒジキの煮物のことを思い出しながら、やってみると何やらそれらしいものができた。彼女は「へえ？　ヒジキ？」と言って、珍しそうに食べた。出来映えはともかくとして満足したようだった。その後も間をおいて何回か同じ物を作った。しかし、そろそろマンネリになりそうな気がするのである。

ぼくは台所の引き出しからヒジキの袋を取りだしてみた。

「インターネットでヒジキ料理を調べてみよう」と突然思いついた。さっそくパソコンに向かってインターネット・ウエブサイトの検索をしてみると、あるある、いくらでもある。

「ヒジキの煮物料理」の数々……

いくつかのサイトを調べるうちに、それぞれみな少しずつ違っているが、ヒジキといっしょに炒めて煮るものに、多種多様のものがあることを知った。ニンジン、大豆、あぶらげ、てんぷら、こんにゃく、干し椎茸、豚肉、鶏肉……ということは何でもいけるということだ。

「よし今日はこれでいける。これと焼き魚とみそ汁、キュウリの酢の物」とぼくは考え、いくぶん自信を回復した。「インターネットを利用すればけっこういけそうだ。うんうん。……」

三時過ぎにぼくは、台所のテーブルの上に常備している買い物メモを一枚はがしてたたみ、ズボンのポケットにいれた。

「あぶらげ、大豆、たまご、さば、しょうゆ、豆腐、ティッシュペーパー……よし……」

3　現実とは別の空間

車のエンジンをかけると、例によってカーステレオの音楽が鳴り始める。このところはもっぱらゲオルク・マティアス・モンのチェロ協奏曲である。つい十日ほど前に出会ったばかりの曲。まったく偶然の出会いだった。

インターネットで検索すると、ゲオルク・マティアス・モン（マティアス・ゲオルク・モンともいう）は、十八世紀前半にウイーンで活躍したオルガニスト兼作曲家で、没年はバッハと同じ一七五〇年。ただしバッハよりも三十二才若く、三十三才で亡くなっている。バロックから古典派へと、ヨーロッパ世界の音楽が大きく移り変わっていく過渡期に活躍した人で、後にハイドンやモーツァルトが確立した四楽章形式の交響曲（第三楽章にメヌエットがくる）を初めて作った作曲家として知られる。その曲想には、新しい時代を予感させる息吹が感じられる。モンの没後約三十年たった一七八一年にモーツアルトがウイーンに移り住んで、ハイドンとともに、後に「ウイーン古典派」と呼ばれる音楽を華やかに展開していくことになる。

昔からぼくは、折に触れてラジオ放送から気に入ったクラシックの曲を録音して保存する習癖があった。オープンリールのテープレコーダー時代からはじまって、カセットテープ、ミニディスク（ＭＤ）、そしてパソコンと経過して、最近ではパソコンのハードディスク容量が膨大になったので、いくらでも保存できるようになった。保存しても、結果的にそのほとんどの曲は再び聴かれることもないままに眠る。明らかに時間と労力の著しい無駄というべきだろう。そんなにいっぱいため込んでも、さらに次々と新しい曲が追加されていくのだから、人生には、それをじっくりと鑑賞する時間的余裕などあるわけがない。何という愚かな浪費だろうか。そう思いながらそんな営みをなかなかやめられないのである。断続的ではあっても、長い年月のあいだには相当な量の曲が溜まっていく。それを保存し整理するだけで、けっこうな時間が消費される。こんなことは極力控えようといつも思うのに、そのことがやめられない。その源泉には、「心に触れてなつかしいもの、価値あると感じられるものを失いたくない」というような思いがあるようである。

　とはいえ、近年、年を重ねるにつれ、ぼくの好みはますますいくつかの少数の作曲家、少数の曲に片寄ってきて、ブラームスもいい、ラヴェルやドビュッシーやブルックナーにもいいものがあると思いながらも、結局聞くのはいつも原点の少数の曲なのだった。モーツァルトのピアノソナタハ短調とイ短調はその定番で、そこにバッハの協奏曲やオルガン曲、ビバルディの短調の協奏曲などが入り込んでくる。あれこれ魅力的な曲がたくさんある中でも、昔からぼくは憂いの色に染まった短調の曲を好む傾向があった。短調の音色が〈憂い〉というよりも、〈喜びそのもの〉のように感じられるのである。

もう一つ、最近のぼくの興味は、大いなるバッハと同時代またはそれ以前の、名も知らない古い音楽家の曲を知りたい、という方向へ向かっている。そういうものの中にも、聞いてみると、いい曲が少なくないことに気づきはじめたのである。知りはじめると、次々と予想もしなかった新しい作曲家の名が現れてくる。

きっかけは、ブクステフーデだった。バッハより少し前の時代の人で、若きバッハは彼のオルガン演奏を聞くために三七〇キロメートルの道を徒歩で旅行したという。バッハは当然彼の音楽から大きな影響を受けた。そう思って聞くと、ブクステフーデのオルガン曲などには、バッハに非常によく似たものがある。

先日ぼくはブクステフーデの曲を車の中で聞こうと考えた。パソコンの中に保存したいくつかの曲をMDにコピーしたところ、あと一曲くらい録音できるスペースが残った。たまたますぐそばに名前を知らない作曲家の曲があったので、ついでにそれもMDに入れた。二年ほど前にいっしょに保存した数曲の中に混じっていたものだ。ゲオルク・マティアス・モンのチェロ協奏曲ト短調。このところ、車のエンジンをかけたとき、まず聞こえてくるのはこの曲である。

保存したというからには、それなりの魅力を感じさせるものがその曲にあったのかもしれない。すれ違った女性に何となく心を引かれるものがあって、写真に撮って残しておきたいと思うようなものである。もちろん女性の写真はそう簡単に撮るわけにはいかない。音楽ならばいくらでもとって保存することができる。ただ、保存された曲はたいてい、ほかの曲と同じようにパソコンの中に眠ることになる。そんな中から、いつの日か思いがけない偶然によって、拾い出されるのである。

その曲はささやかな慎ましい曲で、バッハ、ヘンデル、ハイドン、モーツァルト、ベートーベン、ブラームス、ブルックナーなど、人の感受性の深部にまで達して、力強い感動を与える音楽と比べると、どこか軽くて頼りないような風情である。「とてもいい曲だ」と大きな声でいうことに気恥ずかしさを感じるところがある。この喜びがいつまで続くのか、明日にでも消えてしまうのではないか、と心もとない気もするのである。

今のところはまだ、この憂いの色に染まった美しい曲の旋律が、ぼくの中の感受性の弦を特別な喜びで響かせてくれる。音が作り出す形、色合いに〈胸ときめくような〉花やぎがある。その花やぎの形と色合いが眼前に現れてしばし舞い踊ったかと思うと、そのうちに帳《とばり》の奥へ去って出てこない。再び出てくるかと待っていると、やがてまた現れてえもいわれない風情で舞い踊るのである。

恋に落ちたひとがその相手の顔姿を見ることに信じられないような喜びを感じるのと似ているかもしれない。思いを打ちあけられた第三者である友人は、その相手の人を見て、「ええ？　どうしてこの人を？」と奇異に思う。どちらかというと興ざめといってもいいくらいの容貌だし、人柄とか雰囲気とかに幾分魅力があるかもしれないけれども、そこまで思うほどの相手だろうか、と強い疑念を感じるのである。

いずれにしても、折りに触れてぼくはその曲を聞きたい気持ちになる。ほかにもいいと思う曲はいくつもあるが、今は何よりもまずこの曲をと思うのである。恋する者が、目の前に相手のいない場所においても、その顔姿を繰り返し心に想い描いて、それが与える至上の喜びを享受したいと思うのと同じように、ぼくはその曲をそらで覚えて、口ずさみたいと思うのだ。けれどもなかなか思うようには覚えられない。一方では、あまり繰り返し聞きすぎて、その姿、形を熟知してしまうと、魔法が解けて、ありふれたものになってしまうのではないかと不安に感じる。そこでぐっと我慢して、あいだにほかの曲をいくつかはさんでから、またその曲に戻ってくるのである。たしかにその曲には微妙で壊れやすいような風情がある。こんな素敵な喜びが消えて失われてしまうのは惜しまれる。「怖い」といってもいいくらいである。そう思いながらも、おそるおそる聞いてみると、やはり「とてもいい」のである。

十八世紀前半のウイーンで活躍した、今はその名もほとんど知られることがなくなった一音楽家の作った一つの曲が、二十一世紀日本の片田舎に住む一愛好家の心をこのように喜ばせる、ということは、大変不思議なことに思われる。

いってみるならば、現実世界のかたわらに、〈現実とは別の空間〉が生じて、ある特別な喜びの世界が現出するのである。

「あ、これだ、これこれ」とぼくは思う。「これを書かなくては……」

そうしたものは人間の〈内的な感受性〉の可能性の中にあるが、外側の〈現実〉の世界にはない。そもそも〈現実〉そのものは翼もなく夢もない姿でそこに横たわっている。そんな〈現実〉が人の〈感受性〉と〈想像力〉に触れるとき、はじめてそこに翼と夢が生まれる。

ほんとうに価値あるもの、心を喜ばせるものは、〈感受性〉と〈想像力〉の中にこそ生まれるのである。

4　思いがけない事態

「Zさん」とYさんが後方から来て彼の名を呼んだとき、Z君は自分の心に生じるであろうことをまったく予期していなかった。

その春、その事務所に転任してくるまで、Z君は彼女を知らなかった。これまでもお互いの職場が十二階建ての同じ建物内にあったのだから、エレベーターや廊下、ロビーなどで何度も見かけているはずだと思われるのだが、見覚えがない気がした。どこの部局にどんな女性がいるかといったことに、彼はあきれるほど無関心だった。もちろん仕事場から外に出ると、毎日どこかで彼女たちのうちの誰かとすれちがうことになるのだが、彼女たちはいずれも互いに似通った存在、自分には無縁な存在としてすぎていくだけで、そのうちの誰かが心に特別の痕跡を残して行くということにはならなかった。

実は、その前夜、新しく転入してきた職員のための歓迎会があって、Z君はすでにそこで彼女を見かけていた。その日、彼は早めに帰らなければならない用があった。新しく同僚になった顔見知りの数人にビールを注いでまわって、こっそり姿をくらます考えだった。三十人あまりの人たちが参列した宴はにぎやかに盛り上がりを見せていた。けれども馴れないせいもあるのだろう、新しい職場の空気は彼には何となくもったいぶった窮屈さが支配しているように感じられて、馴染みが薄く疎ましい気がした。ころあいを見計らって彼はビール瓶をもって立ちあがった。直接の上司である係長のイマイ氏、主任のワクダ氏に挨拶し、さて次にどちらの筋に行こうかとビール瓶をもったまま立ってこちらへ行きかけ、人が多いので止め、またあちらへ行こうとして止めて、何度か迷った末に、以前同じ職場にいたことのあるシモカワ氏のところへいって、ビールを注いだ。

シモカワ氏と二こと三こと言葉を交わしてから、さて次はどこへ行こうかなと立ち上がると、すぐ隣の席にいた女性が目に入って、彼は行きがかり上ビールを差し出した。場の状況からして、そのままたち去っては、彼女を無視したようになって悪いかと気を遣ったのだった。

彼女はグラスを差し出した。Z君はビール瓶を傾けながら型どおり「よろしくお願いします」と言った。そしてすぐに軽くうなずいて立ち去った。

彼女と向き合った一瞬、どんなものを感じたか、Z君はほとんど覚えていない。少なくとも心に深刻な印象を残すようなものは何もなかった、とはいえそうだ。その少し前にシモカワ氏が彼女と何やら親しくしゃべっているのを彼は遠くから目に留め、彼女がちょっと独特の感じのいい容貌をもっていることを認めた。といっても、彼女の存在に特別な興味を感じるということはまったくなかったはずである。

宴会の場を中座して道を急ぐ途中、彼女の容貌の痕跡が残像のようにZ君の脳裏をかすめていたかどうかは何ともいえない。たとえそういうことがあったとしても、それはその場限りの一般的なものだったはずだ。

ただ、道を歩きながらふとZ君は、前の職場にいたころのことを思い出した。一年近く前に、仕事上の用があって、会社のほかの部課の女性が彼のところへ書類をもってきたことがある。

「お客さんですよ」と同僚から呼ばれて彼は席を立った。その客というのは顔を見知っていない若い女性だった。彼はその女性から書類を受け取って、にこりともしない顔で必要なことを手短な二三言で説明した。その時期、職務がら、あちこちの所属の担当者が次々と彼のところへ書類をもってきた。そんな中で、彼はその女性が来たときの状況をたしかに覚えている。ただ、そのひとがどこの部課から来たのだったか、どういう名前でどんな顔だったか、それが思い出せない。年齢や背丈、姿形の印象など、記憶に残っているその人の特徴が、何となくこちらの彼女（Yさん）と似ていたという気がする。そういえばあのときのその女性の用件が、こちらの彼女の担当業務と符合している。とはいえ、顔を覚えていないのだから、別の人だったかもしれない可能性は残る。そう思って、彼はすぐにそのことを忘れた。

「Zさん」とYさんが後ろから彼の名前を呼んだのは、その翌日の朝のことだった。

そのときZ君は席を立って、後ろのロッカーの書類を取り出して見ていた。彼はすぐ振り返って彼女に向き合った。

それまでZ君の意識の中に彼女のことはまったくなかった。新しい職場、慣れない人間関係の中で人が通常経験する戸惑い、不安、緊張、早く仕事や人に慣れて安心したいという思いなどが彼の心を占めていた。

庶務担当のYさんは職務上必要なことをZ君に尋ねた。

「運転免許証をもっておられますか。コピーをとらせてください」

Z君は免許更新中で仮免許証しかもっていなかった。飾り気のない素っ気ないような口調でそのことを彼女にいった。

「あ、それでもいいです。仮免許証をコピーさせてください」

そんなつまらない言葉を二言三言交わしたあと、Z君はポケットから免許証を取り出した。ケースから抜いてYさんに渡しながら、一瞬何げなく彼女の顔を見た。そして「おや？」と思い、ある驚きを感じた。

Yさんがコピーからもどってきたとき、彼はもう一度彼女の顔を見た。やっぱり……

「Mさんに似ている……」

Mさんは以前彼が所属した職場の同僚で、既婚の女性である。美人ではなく、声もきんきん声で、小柄でちょっとこましゃくれた印象があるとZ君はいつも思っていた。けれども彼はどういうわけか彼女に心を引かれていた。それでどうしようとか、彼女とどうなりたいとかいうのではまったくないのだが、機会があるごとに、気づかれないように注意しながら、彼女の顔姿をそれとなく見た。少しでも言葉を交わせたらという思いから、彼女が数人の人たちと楽しそうに談笑しているところへ入り込んで、話に加わったこともあった。機会をつかんで、彼女に言葉を向けると、彼女はそれなりに笑顔で丁寧に受けてくれたが、その後すぐにそれとなくその場をはずして、別の所へ行ってしまった。似たようなことが別の機会にもあり、何度か重なると、彼女の冷たさはもはや偶然とはいえない気がした。疑いようもない。たしかに彼女は彼を避けている……

「なぜ？　どうして？？」

「意外？」というか、ある意味では当然ともいえるが、それでもそれなりの親しみをもってくれてもいいのではないか、という思いが残るのだ。警戒するのはいいとしても、そこまでもあからさまに避けることはよほどのことである……

彼女はZ君の秘かな思いに感づいていて、それを嫌っているのだろうか。あるいは、彼には退屈で面白味に欠けるところがあるから、彼を避けたい気持ちになるのだろうか。あるいはまた彼女と初めて向き合った宴会の席でのことが彼の記憶に蘇ってきた。あのとき彼女は座の人びとに順にビールをついでまわっていて、新規に転入してきたZ君に対しても愛想あふれる笑顔を浮かべて、ビールを差し出した。そのときどういう加減でか、Z君は何となく愛想のない応答をしてしまった。そのときの記憶が彼女の意識に傷として残っているのだろうか、ほんとうは彼女に対して悪意など少しも感じていないのに、などと彼は思い、煩悶した。そういうことがあるたびに、Z君の心に傷つき怯えたような感情が沈殿していった。

Mさんを見るとき、Z君はいつも心に痛みと疚しさに似たものを感じた。近づきたいという思いと、近づけば傷つくという思いが複雑に入り混じって浮かんできた。

Mさんは数年前に転勤で離れたところへ行ってしまった。その後も二度ほど機会があって、Mさんと同席することがあったが、そのときも同じようにMさんは彼と親しく向き合うことを避ける印象があった。

Yさんを見て「おや？」と思ったのは、どこかMさんと似ているような気がしたからだ。その瞬間幻想がZ君の心の中に入り込んできて、Yさんの笑っている顔がこのうえなく優しく好ましいイメージで形づくられて、心に焼きつけられた。

いや……何というか……つまり……ある人がある人にこんなふうに心を引かれる、ということが起こりうるのは、実に不思議である。というのも、それは滅多やたらには起こらないこと、いつでも誰に対してでも起こるということではない。だいたいZ君は、身近にいる女性に特別な感情を向けるといったことを大変やっかいなことに感じるところがあった。自分には女性の心をひきつけるものはないと思うところが多かったから、そんな自分がある女性に特別な感情を寄せるなどとは、ひどく面倒で困ったこと、身に合わないことだと感じられた。相手の立場からすると、そのような感情と期待をもたれることはとんだ迷惑であるだろう。彼自身の身にも恥辱、苦痛などの余計な混乱を招く怖れが多分にある。そんな〈厄介なこと〉にかかわる気になるためには、そこによほど大きな魅力を見出す必要があっただろう。

たしかにそのような感情は、ある特別な人間関係においては適当であるとしても、一般普通の人間関係の中に持ちこまれると、あまりにも不都合なことにしかなりえないのである。

ほんの二こと、三ことの短い会話。しかし、そこから生じた結果は驚くべきだった。彼女が去ったあと、Z君は外出する用があって、廊下を通り抜け、階段を下りながらちょっと複雑な気持ちになっていた。

「おい、おい？」と心のうちを覗き込みながらZ君は思った。「これはいったいどうしたのだろうか？　はたしてこの先どうなっていくのだろうか？」

どういうわけかZ君はそのとき非常にはっきりと感じた。自分の中に生じたこの思いがけないものは、彼が置かれた現実の状況に著しくそぐわないもので、こんなものを手放しで受け入れるのは明らかに不都合である。そうはっきりと認識しながら、その不都合を拒もうとするよりはむしろ受け入れようとするらしい自分を見出した。彼女から受けた印象には、それほどに深く彼の存在を喜ばせるものがあったのである。

「何かがはじまる」と口の中で言ってみたとき、Z君は軽い戦慄をおぼえた。いったいある女性――ほかでもない彼女！――に対してそんな感情を抱くなどということは、ありうべからざること、あることがあまりにも不適当なことだと感じられた。それは、相手や周囲の人に知られた場合、このうえなくまずい、しかも知られる危険性を十分にはらんだものだった。そんなとんでもないものが自分の中に存在しはじめ、Z君は少なからず驚いたのである。

「これが消えるものならば消えるがいい」と彼は自分に向かっていった。「もし続くものならば、この先どんなふうになっていくか見届けてやろう。これは自分の存在の奥に眠る貴重なものを発見するまたとない機会になるかもしれない。というのも、そういうものは機会がなければ浮かび上がってくることがなく、発見されることもないだろうから」

5 〈見る〉という一見単純な行為

その時以来、彼女を見たいという不断の欲望がZ君の心に宿ることになった。

見るといっても、事務所の部屋はL字型になっていて、彼の居場所から彼女の席は見えなかった。ただ、部屋はひと続きになっていたので、仕事の関係上、彼には彼女の近くへ行く機会がときどきあったし、彼女も担当する職務の関係上、彼のいる近くへ姿を現わした。

とはいっても、誰にも気づかれないで見るチャンスは思ったほど巡ってこない。せっかく近くへ来ても隠さなければならないという思いが強く、つい見ることを避けがちになる。遠くからの方が比較的安心して見られる。それでちょっとした用を思いつくと、席を立って歩きながら、彼女が見える場所まで来て、人目に付かないように注意しながら、さりげなく視線を彼女の方へ走らせる。「あ」という間もない一べつだけですぐに目をそらすのだが、たしかにそのとき彼は、彼女の〈あの感じ〉を感じとる。そのとき感じるものは、彼女という特殊な人の色に染まっていて、ほかでは決して得られない性質のものだと痛感されるのである。

ただ、そういう機会が重なるうちに、やがて反省のときが訪れる。いったい自分は何をしているのだろうか、ある一人の人をこんなふうに思い、こんなにまでたびたび見たがることは、何と浅ましく異常なことだろうか。人が知ったらどう思うだろうか。まったくのお笑いぐさだ。恥さらしである。罪悪といってもいい……

何度目かにそんなふうに遠くから彼女を見たとき、すぐ左前方の席にいるカシハラ氏がこちらへ顔を上げるのが目に入った。「まずい」とZ君は思った。こんなことがあり得ることはわかっているはずなのに。

人目をはばかりながら遠くへ投げられた彼の視線、奇妙な顔つきをカシハラ氏は見たにちがいない。いや、カシハラ氏は以前からZ君の怪しい行為とその意味に感づいていて、それを確かめようとしたのかもしれない。

「気をつけなければ……」


そういう状況に身をさらしてみると、〈見る〉という一見単純な行為が、複雑でやっかいな問題をはらんでいることに気づくのである。

もちろん、同じ事務所内にいるのだから、見ようと思えばいつでも見られるはずだ。機会が訪れたとき、さりげなく視線を向けさえすればいい。自分から機会を作ることだって簡単にできる。

ところが実際にはなかなか思うようにいかなかった。いったんそのような〈秘密の関心〉が心に宿ると、〈見る〉という行為は意外に簡単ではない。見ること自体にはもちろん何の問題もないはずである。日常、ひとは誰でもごくあたりまえのようにひとの顔を見て暮らしている。見ないことのほうが異常なくらいである。けれどもひとたび〈秘密の意識〉がそこに入りこむと、けっこうやっかいな問題をはらんでくるのである。

これという用もなく、言葉を交わすのでもなく、ある人の顔をただ〈見るために見る〉ということになると、それはおのずと微妙な意味を帯びたものとならざるをえない。一度や二度ですむものならば問題もなかっただろう。けれどもそれは一度や二度ですむという性質のものではなかった。

〈見る〉というからには、やはり完全に〈さりげなく〉というわけにはいかない。きわめて短い瞬間ではあっても、目的物に向けて眼の筋肉を調節し、焦点を合わせてまさに〈見る〉ということが必要である。そのとき一瞬彼の顔に表れるもの、ある夢中な感じ……さりげなく装われるにしても、そのとき、そんな顔で、彼がいったい何を見たのか、何度も何度も繰り返されるうちには人にもわかるにちがいない。機会を作ってこっそりと〈盗み〉見ることが重なると、〈これはあまりに危険だ〉という気がしてくる。そうなるとあとはもう、そんなにまで彼女を見たがっている自分に嫌気がさしてくるのである。

要するにZ君は自身の中に一つの重大な〈秘密〉を住まわせることになった。それは現代人の現代人たるゆえん、人間が単に無色透明の社会的集団的存在としてではなく、内部に秘密の洞窟を宿した一の複雑な〈個〉として存在していることのあかしである。

次の日、朝から、大がかりな室内の模様替え作業があった。ロッカーや机を運んだり、用具を入れ替えたりする作業で、事務所の全員で取りかかった。彼はそういう作業が嫌いではなかったので、人びとの中に混じって、けっこう動き回った。作業のあいだ、あちらへ動き、またこちらへ戻るというふうだった。彼女のいる前を何度も通ったが、彼は彼女を見なかった。まっすぐ前を向いたまま、無表情な顔で通りすぎた。彼はそういう自分を無様だと感じた。彼女は嫌われ無視されているように感じるだろうという気がした。彼としてはただ見ることが適当でないと感じたのだった。相手からそれなりの親しみをもたれていると感じているのでなかったら、顔を見ることはなかなか難しい。自分は彼女にとって親しい人間ではない、という疎外されたような思いがあったから、彼女を見ることは厚かましくまた滑稽なことだという気がした。

彼は彼女の存在にひどく敏感だった。彼女が近づいて来ると感じたとき、あるいは自分が彼女の方へ近づいていくと意識したとき、彼はたちまち彼女を見ることを避けた。ちらりとも視線を向けないようにした。ことさらにそっぽを向く感じになってもまずいので、できるだけさりげなく無表情な顔を適当な方向に向けながら、何も見ないようにした。そのくせ彼女がそこにいることだけは実に敏感に意識しているのだ。当然ながら彼女もこちらを見なかった。ただ、心なしか彼女もこちらに過敏になっているような気がした。といってもそれは彼の欲目にすぎないと考えられるていどのものだった。

彼女の目の前に自分を見出すことはひどく具合が悪く落ち着かないことだった。自分の気のきかない無様さ、どうにもならない硬い表情、よけいな意識が気にかかるし、言葉を交わすことになったら、動転してとんでもない醜態をさらすのではないかという不安を感じた。もちろん彼女のいるところへ行きたい思いもあって、ときには「えい！」とばかりにそちらのほうへ向かって行った。

一度、ただ一度だけ、すれちがうときに彼女を見た。表情は変えないままで、もちろん笑顔もなく、ただ彼女の顔を見た。あの顔立ち……それは見ていないとどうしても思い出せないが、見るとはっきりと心に蘇るのである。

模様替えの作業は午前中で終わった。その日の午後、Z君は同じ係の先輩職員のニムラ氏といっしょに彼女のところへ行く用があった。到着していた書類を受け取る用で、ニムラ氏が先に彼女のところで書類の受領印を押している。すぐその横で待つあいだ、Z君は、場の状況から誰にも気づかれることがないと思ったので、あえてそっと彼女の横顔に無表情な視線を向けた。

彼女の顔……それをこんなに近くから目にすることができるとは……

そのとき彼は、彼女の顔に遠くから想い描いていたのとはかなりちがったニュアンスがあるのを見出した。

〈おや？〉と彼は意外の感に打たれた。彼女はこんな顔だったのか？　思っていたのとはかなり違う。それほど美人でもないし、どちらかというと何となく、いや明らかに、興ざめな感じもある。いったいこの人をそんなにまで思うのが適当なのだろうか？

そういうことをどこかで認知しながら、同時に他方で、彼の別の心は不思議な喜びの音色にふるえた。すでに心が常ではない状態になっていたので、彼女を間近に見て紛れもない興奮を感じた。そして気のせいかどうか（こうしたことはいつも気のせいであるのにちがいない！）、彼の色目には、彼女の様子にも何となく彼への意識があるような気がするのだった。通常彼女は人に対して自由で明るく朗らかな応対を見せる人だ。しかしこのときの彼女には、いつになく妙に固くきまじめなものがあった。もちろん、必ずしも彼を意識したものとはいえないだろう。彼がいつも固い、面白くもなさそうな顔をしているから、彼女も反射的にそうなったというだけのことなのだろう。何の関係もない事柄の中にも、人はしばしば自分の見たいと思っているものを見るものである。

先にニムラ氏が受領印を押したあと、自分の番が回ってきたとき、Z君は完全に彼女の顔から視線をそらせて、無関心を装った。彼はほとんどひと言も言わなかった。彼女もまったく同様だった。

たしかに彼女を〈目にする〉ことには、大きな幸福、歓喜といってもいいような複雑で素晴らしい感じがある。それを彼は〈目で飲み込む〉のだ。飲み込むと全身が深い喜びで満たされる。それは独特のもので、見ること、感じることが、たちまちにして至上の喜びとなる。ただ、その喜びには悩みのニュアンス、独特の複雑な陰影が混じっている。そのニュアンス、陰影が調味料のように働いて、喜びに特別な色合いを付加しているようなのである。

下宿を変わる話

1

その下宿は三つの同じような部屋が横に一列に並ぶ単純な構造の古びた平屋であった。三つの部屋の前に一本の通路があって、その通路は土間になっていた。通路の真ん中あたりには簡単な炊事場があり、水道の蛇口とガスコンロが備えつけられていた。

事情があって、それまで何年かお世話になった下宿を出なければならなくなり、親戚(母の従弟)の奥さんがちょうど近くに格安で適当な下宿があると紹介してくれたのだった。

面接を受けるために指定された時刻に、エヌ君がその下宿を訪れたとき、下宿屋のおかみは言った。

「条件がありますのよ。部屋代は毎月末に翌月分をウチまでもってきていただくこと、それとそのときちょっとお話を聞かせていただくことにしているんですの。ウチはこのすぐ近くです。そこの道路端に牛乳屋さんがありますね。その角を左に曲がって最初の筋の左側の角です。似たような住宅が建ち並んでいますが、表札がありますからすぐにわかりますよ」

「あ、そうですか。わかりました」

ひと月たってエヌ君は最初の部屋代を払いに行った。

家主の家はこぢんまりした二階建てだった。一帯に同じような一戸建て住宅が並んでいた。シャレた感じの玄関に植え込みや鉢植えをそなえた家、車庫や張り出し窓のある家、子どもの三輪車や自転車や遊具などが見える家など、住んでいる人たちの生活が自然と想い描かれた。

古くはあたり一帯が農地だったのにちがいないと想像された。

前の下宿はすぐ近くにあったから、エヌ君は散歩の途中このあたりの道をよく通った。一帯にまだずっと田地が残っていて、田んぼの中にキリスト教の教会があった。家主の家は、一角の中では比較的質素で飾り気が乏しいという印象を受けた。

最初の面接時におかみは、学生が毎月家賃をおさめにくるとき、いろいろ話を聞かせていただくことにしているといっていた。エヌ君にはそれがどうも心の重荷に感じられた。

来客があったりして、ちょうど忙しく取り込んでいるところへ行きあわせて、家賃を手渡すだけで済ませられたらと秘かに願いながら訪れたのだった。

あいにくなことに来客もなくおかみは少しも忙しそうでない様子だった。

「まあ、おあがりなさい」とおかみはうながした。

靴を脱いで上がったところに応接セットがあった。その奥の壁にはドアがあって、別の部屋に通じていた。高校生くらいの娘の姿がちらりと見えて奥へ消えた。

前回面接を受けたときには、おかみはごく普通の家庭の主婦だという気がした。今回話を聞いてみると、弁舌達者で筋金の入ったしっかり者だということがわかった。

「同じ生きるからには〈考え〉をもたなければいけませんよ」と彼女はいった。「私など、娘のころは、まわりの友だちがみんな、ちゃらちゃらと服や化粧品や何やかやと欲しがったり、旅行に行ったり、遊んだりしているのをみながら、そんなことにお金を使っても将来なんにもならないと考えて、きちんと先のことを計算したものです。我慢して貯金をして、月々いくら貯めたら、一年でどうなる、二年でどうなる。少しずつ貯めていったんですよ」

「ほう」エヌ君は礼儀上話に関心を見せようとした。「それは素晴らしいですね」

「それで結婚してからは」とおかみは話を続けた。「主人は高卒で平凡なサラリーマンで、お給料も大したことはなかったのですけれど、新婚時からつつましく節約するようにしました。そりゃあ主人がかわいそうなくらいでした。けれども、激励しながら頑張ってきたんですよ。節約したお金で主人の会社の上の方の人にお歳暮や贈り物をすることも怠りませんでしたよ。中にはそこまでしてという人もあるでしょうけれども」

ここがツボとばかりに、おかみは語気を強めていった。

「そんな考えではいつまでたっても浮かばれないままなんですよ。この社会はそんなふうにできているんですからね。そういうことができる人とできない人とでは、歴然と差がついていくのですよ。なすべきことが何かをしっかりと頭で考えて、それを実行する、それができなければダメなんですよ。これが私の、まあ、何というか、生活の哲学です」

おかみの頭髪は上に行くほどすぼまっていて、口の先は突き出てとんがっていた。向き合って話を聞いているうちに、エヌ君には、おかみの顔が次第に特異なイメージで見えてきた。たとえて言ってみるならイノシシ――あるいはサツマイモ――

「主人はそんなに目立つ人でもないし、飛び抜けているというタイプでもないのだけれど、よく我慢して頑張ってくれましたよ。出発はあそこの長屋で貧しかったけれども、おかげでこんな家が買えるほどになったのですからね。もちろん住宅ローンを利用したのですが、おかげさまでそれも最近完済しました。もとの家（あの長屋）は学生下宿にして、月々収入も入ってきますし。これも計画のとおりなんですよ。おかげさまで娘をピアノ教室へ通わせることもでき、ささやかながらピアノを買うこともできるようになりました。それによって身につけた技術がまた娘の財産になるのですからね」

部屋の玄関側の壁を背にして小型のピアノが置かれていた。エヌ君はそのほうへ視線をやった。

「こんなピアノを買うにもずいぶん費用がかかるのでしょうね」と彼は感心したふうを見せようとした。

それにしても彼女はいったい何のために、さえない一学生にすぎない彼にこんな話をするのだろうか？　実体験してきた彼女の人生の生き方を、教訓として、若い者に教えようとしているのだろうか？　あるいは彼女の下宿人がしっかりした気骨のある人間かどうかを品定めしようとしているのだろうか？

いずれにしても、自分は残念ながら彼女のおメガネにかなう人間からはほど遠い、もちろん彼女はそのことをただちに見抜いたにちがいない、そうエヌ君は思った。

「卒業したらどうするつもりですか？」と彼女はきいた。

「うん……」とエヌ君は言葉につまった。そのあいまいさが彼女の意にそわないだろうと感じながら。「まだ考えていないんです。一年くらい留年してもいいかと思ったり……」

「そんなことでどうするんですか。○○君もそんなことをいっていたわ。ほんとうに歯がゆいかぎりです」

そんな話をしているうちに、彼女は壁の時計を見た。それからうしろの壁のドアの方に向かって言った。

「タカちゃん、そろそろ時間よ。遅れないようにね」

「うん、わかってる」という声が聞こえ、ややあって娘があらわれた。

娘はスポーツウエア姿にカバンをもって、エヌ君の横を通り抜けて、玄関から出て行った。発育がよくどこかボーイッシュという印象の少女である。たぶん塾かお稽古に行くのだろう。

エヌ君は日頃世間に暮らすいろんな人たちを知りたいと思っていた。街中へ出かけては、人間観察と称して、あてもなく人中を歩き回った。しかし、そんなことをいくら繰り返しても、世の人びとの現実の暮らしぶりや具体的な心のうちが目に見えてくることにはならなかった。

今、ここにたまたま、下宿のおかみという一人の人物と対面して、その言葉をいろいろ聞くにおよんで、彼は、現実の人間を目の当たりに見る気がした。

世間にはいろんな人たちが棲息していることはわかっているが、人と接する機会の少ないエヌ君には、自分以外の人間の生き様をこのように具体的で鮮やかな形で知る機会は、めったにないのだ。

好みの問題は別として、少なくともここには、実際の人間のリアルな実例がある。それをこんなふうに目にする機会に恵まれたことは、貴重なことであるにちがいない。

そんなふうにエヌ君は思ったのだった。

2

それから二年余りが過ぎて、彼は卒業を間近にしていたが、就職先がまだ決まっていなかった。

三月の中ごろ、日曜日に、おかみが下宿の清掃にきた。彼女は毎月一度、清掃や周辺の草引き作業のためにやってくるのだ。必要に応じてご主人や娘が駆り出されてくることもあった。

清掃作業がほぼ終わったころ、おかみはエヌ君の部屋の前にきて、彼の名前を呼んだ。

「今年卒業ですね。卒業はできそうなんですか。就職は決まりましたか」

卒業論文は出した。たぶん卒業できるだろう。就職のほうは探しているけれども、まだ決まっていない。当面アルバイトでやっていこうかと――何しろ、不景気の影響で就職先が見つからなくて――

ここで彼女は〈哲学〉に従ってあらかじめ言わなければならないと考えていたこと言った。

「うちは学生専用ですので。卒業したら、部屋をあけてもらわなければなりませんから」

自然のなりゆきとして、エヌ君は自分でも驚くほどいさぎよくあっさりと答えた。

「あ、そうですか。わかりました。何とかします」

近いうちに下宿を空けなければならないというメッセージはたしかに伝わった。だが、今すぐにとはいわないだろう。なにしろ、自業自得とはいえ、彼は目下窮していた。新しい転居先が見つかるまで、幾分の余裕は与えてくれるだろう、という甘えがどこかにあった。

おかみが次に来たのは、翌月十三日の日曜日のことだった。それまでも清掃日はだいたい日曜日と決まっていた。ちょうどアルバイトが休みで、エヌ君は気分もさえず起き出しかねて、未だ布団の中にグズグズしていた。

清掃作業の音が耳に入ってくると、彼は布団をはねのけて起き出した。

しばらくすると、はたしておかみがエヌ君の部屋の前に来て彼の名を呼んだ。

「就職は決まりましたか？」

「いえ、まだ……当面アルバイトに行っています」

「うちは学生さん専用の下宿ですので、卒業したら部屋を空けてくださいよ」

彼女は前回と同じ言葉をここでもいい、とどめを刺すためにぬかりなくもう一つの新しい情報をつけ加えた。

「次の入居者が決まって来月一日に越してくることになっているんですのよ。四月中には必ず部屋を空けてくださいよ」

もちろん異議を申し立てるなどという考えはエヌ君には起こらなかった。彼はただ答えた。

「はい、わかりました。今月中に出ます」

「よろしくお願いしますよ」彼女はもう一度しっかりと念を押した。「次の入居者と契約もすんでいますから」

淡泊にあっさりと答えたものの、エヌ君の心の内では、新しく投げ入れられた小石が思わぬ波紋を広げていた。

先月から転居先を探さなければならないと思いながら、まだその実行にいたっていなかった。

以前友人は不動産屋の仲介でアパートを探して、たしか礼金を一万円払ったといっていた。今の彼にはその一万円の余裕さえない。友人に借りている七千円も返さなければならないし。アルバイトの給料が入ってからいよいよ本格的に探そう。五月中には出るからと事情を話せばわかってもらえるだろう。そんなふうに彼は胸算用していたのだ。

うーむ。今月いっぱい——といえばあと二週間ちょっと。これは急いで探さなくては（最悪の場合の考えが頭を走り巡る）。

——といっても、まあそうあわてることはないか。いざとなればどうにでもなる。そんな余裕がまだ彼にはあった。

最後の手段として、机や布団をどこか空き地に放り出しておいて、友人のところでしばらく泊まらせてもらうという手がある。あるいは野宿を決め込んでもいいのだ。野宿ならすでに経験ずみだ。

いつか友人の家を訪れて遅くなり門限に間に合わず下宿から締め出しを食った。あのとき彼はチャップリン映画の浮浪少年のことを思いながら、空き地の隅っこで朝まで過ごしたものだった。

どうなるにしても、いざとなれば、どこか適当な青空の下に家具類を放り出すという手がある。そうしながら、転居先を探したらいいのだ。雨が降って布団がダメになってしまっても、大したことではない。布団がなくても寝ることはできる。本だけなら一時的に友人のところに置かせてもらえるだろう。そう考えると何も思い悩むことはないわけだ。そのために適した青空の下の空き地を今から探しておくべきだろう。

3

「下宿を出ることになったって？」

「うん、次の入居者が決まったから、今月中に出てくれっていわれて。それでちょっとばかり困ってる。アルバイトの給料が入るまで礼金も払えないから、不動産屋で探すわけにもいかないしね。郊外のほうの下宿を一軒一軒あたってみようと思っているんだけれど」

「それは大変だな。ぼくも手伝うよ」

ビーさんはいつかアルバイトで知り合って、その後ときどきエヌ君を訪ねてくるようになった同じ大学の先輩だった。とても行動的な人で、知り合いの範囲も広かった。ビーさんが手伝うと言ってくれたことは頼もしかった。

「ありがとう。なあに大したことはない。何とでもなる。郊外の家を一軒一軒当たってみようと思っている。空いている部屋もけっこうあるはずだから、きっと見つかると思う」

「君、何とでもなると言ったって、今月いっぱいなんだろ？　そうのんびりかまえていられる場合じゃないだろ？　もっと早く言ってくれたらいくらでも手助けできたのに」

「うん。大丈夫。一人で何とかできる。なあに、いざとなったら、荷物を道端の空き地に放り出して置けばいい」

そんな無責任なことをいって、エヌ君はハハハと笑ってみせた。そんなことをすれば土地の所有者からクレームが来るかもしれない。そのときは事情を話して、一時的なことだからと説明すればいい。もし持ち物がすべてパーになってしまえば、さっぱりしてかえっていい再出発になるかもしれない。彼はそれまで何度も考えたことを頭の中で繰り返した。

「だって君、今月中に出ないといけないんだろう？　そんなに呑気にかまえていられる場合だろうか？」

そういわれればもちろんそうにちがいない。そういわれなくてもまぎれもなくそうであるにちがいなかった。

エヌ君はというと、根が消極的で後ろ向きな自分をいつも苦に病んでいた。自分に欠けているビーさんの前向きな行動力にひけめを感じるところがあった。

ビーさんはいった。

「裏の千通寺に聞いてみたらどうだろうか。あそこなら空き部屋があるかもしれないよ」

ビーさんは何かにつけて楽天的で行動的な人で、彼が差し伸べてくれた援助はエヌ君にはとても心強かった。けれども彼は相変わらず煮え切らず懐疑的な姿勢でつぶやいた。

「千通寺ね」

「うん。あそこはぼくも散歩の途中通るし、住職さんとも顔見知りだし」

「そううまくいくだろうか？」

「とにかく当たってみることだよ。君」とビーさんはあくまでも前向き。「結果がどうなるかは当たってみたあとのことだ」

「うーん……」

「これからいっしょに行ってみよう」

ビーさんの行動力に引きずられて、エヌ君はそのお寺を訪ねた。

寺の主婦らしいおばさんが出てきた。彼女は地味な服装で、地味な笑顔を見せながら、ガラガラのしわがれ声でいった。

「お部屋なら空いていますよ。月二千五百円です」

「部屋を見せてください」

玄関横から粗末な木の階段を上がった二階が板間になっていて、その行き当たりに小さなドアが二つ並んでいた。手前にもう一つ部屋があるらしく同じようなドアがあった。

おばさんは右側のドアを開けた。かなり古びた畳の部屋で、窓の感じもいかにも古い。窓から見える山の斜面が視界を狭めていて、寒々として牢獄のようだという考えがエヌ君の頭に浮かんだ。

「これはいい」とビーさんはいった。「ちょうどおあつらえ向きじゃない。部屋代も安いし」

「うん、これはいい」とエヌ君もつられていった。「暗くてちょっと狭いけれどね」

「だって、君。今の状況でぜいたくはいえないだろう。ここに決めたらどう？」

「うん、そうする。窓から山が見えて、ちょっとロマンチックな感じもする」

話は決まった。その場で借りる約束が整った。いつ引っ越してきてもいいということになった。

4

一件落着。めでたしめでたし。

しかし、家に帰ってからもエヌ君はどうも心がスッキリしていないことに気づいた。ビーさんがすすめる勢いに乗って、自分も「これはいい」という気になって借りる約束をした。そのとき、心のどこかに気が進まない思いもあったのは確かだ。北向きで寒々としていて、眼前に迫る山の斜面が視界を狭めているのがどうも陰鬱で、あの部屋では病気になってしまう。そんな考えもふとよぎった。しかし、もう決めてしまったのだ。彼はその部屋の利点を挙げて自ら納得しようとした。洞窟のようなのもかえっていいかもしれない。窓から緑が見えるのもいい。きっといい経験になるだろう。家財を青空のもとに放り出すなんてことをしなくてすむのは何よりだ。こんな幸運はない。……そんなふうに彼は自分に向かって何度も言った。それが何の効き目もないことが次第にわかってきた。

彼は考えた。まだ断ることはできる。明日郊外へ探しに行こう。一軒一軒当たれば必ず適当なのが見つかるにちがいない。

翌日、彼は電車に乗って郊外のエム駅で降りた。そのあたりは農村地帯だったが、学生専用らしい住宅があちらこちらにあった。気後れもあって、最初はただ見て通るだけだったが、そのうちようやく思いきって訪ねた家で、農家の主婦らしい人が出てきて、ていねいに答えてくれた。あいにく空き部屋はなかったが、エヌ君はそれに自信を得た。

何軒かそんなふうに訪ねるうちに、雨が降り出した。歩いて回るうちに、いよいよ本降りになってきた。さんざんに疲れてとりあえずこの日はあきらめた。明日もう一度来て探してみよう。今度はきっと見つけることができそうな気がした。

下宿に帰ると、彼は前日見たお寺の二階の部屋のことを考えた。どちらにしてもあれは気が進まない。それはどうしようもない真実だと思われた。ほかに選択肢はない。とにかく断るしかない。断るなら早いほうが良心的だろう。エヌ君は、ビーさんのところへ行って「千通寺はやめた」といおうかと何度も考えた。しかしまず先にお寺に断ってきた方がいい。せっかくいっしょに行って頼んでくれたビーさんに対してはとても申し訳ない。約束をしたお寺に対してもすまないが、納得してくれるにちがいない。

〈ああ、こんなことはみんな実に小さなことだ〉と彼は繰り返し思った。〈こんな小さなことで信じられないほど心を傷め煩悶する自分はいったい何なのだろうか？〉

5

雨の中を傘をさして、粗末なゴム草履を履いて彼は出かけた。パサパサパサと草履が地面を打つ音がした。そんな自分の姿がエヌ君にはちょっと気に入っていた。けれどもいざ寺の門の前に立つと、彼はたちまち強いためらいを感じはじめた。

門の前に五段ほどの階段があった。門の両側に土塀が巡らされていて、土塀の向こうに松の木などが植えられていた。

傘をさした恰好で、エヌ君は門の前を右に左に往復した。このまま帰ろうか。それとも中へ入ろうか。なにも今日でなくてもいいのだ。明日下宿が見つかってからにしてもいい。もし下宿が見つからなかった場合のことを考えると、そのほうがいいに決まっている。そうしよう。急いで断るのは早計というもの。もちろんできるなら早く片をつけてしまいたい思いだ。しかし、今日はとりあえず帰ることにしよう。

そう心に決めてエヌ君はもと来た方へ五、六歩もどりかけた。しかし待てよ。やっぱり今片づけてしまおう。——とっさにそんな決心が舞い下りてきた。よくよく思ってみるに、断ることは、お寺にとってもビーさんにとっても大したことではないはずだ。どうせ断るのなら早いほうがいい。

次の瞬間、彼は石段を登っていった。お寺の門をくぐり、もう何も考えないで、頭を空っぽにして、玄関の硝子戸を開けた。中から気配がして、人が出てきた。昨日の地味なおばさんだろうか、と予期したのだったが——

応対に出てきたのは、ほっそりとして背の高い若い娘だった。そのときエヌ君は、自分の心の中でとても信じられないようなことが起きるのを目撃した。彼女を目にした瞬間、自分の中にあった決心がすーっと裏返ってしまったのだ。裏面を見せていた一枚の回転板がクルリと一八〇度回って表を見せた、そんな感じだった。それを目にして一瞬彼は笑いを感じた。

彼はさんざ迷ったあげくに一つの決意を固めてここへきた。その決意は霧のようにスッと消えてしまった。こういう事態にいたっては、いったい彼は何のためにここにやって来たのだろうか？

彼の立場は、言ってみるなら、翼をつけて地上に舞い降りた天使のようなものだった。舞い降りたあとで、翼をつけ忘れていたことに気づくのだ。何ともいいようのない事態におちいって、彼はどのようにふるまうことができるだろうか。

「はい？　何でしょうか？」と、彼女は愛想よく笑顔で近づいてきて尋ねた。エヌ君は、完全に言葉を失った。

「昨日部屋を借りる約束をしたけれども、やっぱりやめようと思って」という言葉は、あらかじめ用意してきたものだったが、今は完全に宙に浮いてしまった。

スムーズではない奇妙な声だと自らも感じながら、エヌ君は口ごもっていった。

「あのう……」彼はいつもこれをいう。「昨日下宿を借りることになっていて……」

救いようもなく困った状況のなかでも、幸い、ものごとはうまく運ぶものである。エヌ君が口ごもっているうちに、彼女の方から助け舟を出してくれた。

「ああ……でも今二人ともいないんですけど……」

二人というのは住職とそのおかみさんのことにちがいない。

幸いなことに、彼女は、エヌ君が「部屋をもう一度見に来た」と取りちがえたようで、部屋についての説明をはじめた。月二千五百円で、電気代は……

その説明は、基本的に彼が昨日おばさんから聞いたものである。もし昨日のおばさんがこの場に現れたなら……と思うと、彼は少なからず戸惑いを感じた。

娘は二階にいる誰かに向かって、「ノブヒコちゃん」と呼んだ。そのノブヒコちゃんがトントンと二階から階段を下りてきた。まだ高校生くらいの少年である。彼がこの寺の息子だということはすぐに察しがついた。彼女は少年に客を部屋へ案内するように言った。

最初姉と弟かと思ったが、どうやらそうではないらしい。姉と弟ならば、弟を呼ぶまでもなく姉自身が案内役を務めただろう。察するに少年は寺の住職の息子で、彼女の方は親戚の娘かお手伝いかといったところで、この寺の家族ではないようだ。

二階への階段を上がりながら、少年が部屋の説明をした。

「はい、はい……それは昨日聞いています……」エヌ君は何とかごまかしたものの、自分ながら誤魔化しようもないと感じた。ほんの数分だけで部屋見を終えた。

部屋を出て階下に降りると、それでは足りないと思うのか、彼女がさらに「電気代は……」と説明する。エヌ君は彼女の顔を見ないで顔を横向けて聞き流しながら、

「はい、それもわかっています……はい、それも……」

そう応じながら、それでもエヌ君はわれながら、自分の話しっぷりを感じがいいと思ったのである。しかし、彼はそそくさとお礼をいって、靴をはいて、玄関から飛び出した。

背後で彼女と高校生らしい少年がくすくす笑うのが聞こえた。いったい自分はここへ何をしに来たのだろうか？　彼の滑稽さは明らかで隠しようもなかった。

帰る道々、エヌ君は、自分がそこにすむ近い将来のことを空想せずにいられなかった。空想は泉のように湧いてきた。もちろん彼は彼女に気をとられないようにするだろう。彼女の気を引こうなどという醜態は演じまい……

思いが次々とわき起こって自分の中を流れるのを目にして、エヌ君は浅ましく恥ずかしいことのように感じた。

けれどもこういうことは、日常ひとの心に生じるごく普通のことで、はっきりと言葉にすると愚かしくさもしいようにも見えるかもしれないが、何も特別なことではないのだった。

6

次の日は晴れていい天気だった。彼は午後から荷物を運びはじめた。まず本箱を、それから本を運んだ。友人に頼めば手伝ってくれることはわかっていたが、一人でも何とかできる。歩いて五分、すぐ近くだし、大した荷物の量でもない。荷造りも不要だ。本は段ボール箱に詰めて転居先の部屋で中身を空にして、箱だけ持ってもとの部屋にもどる。無理のないように少しずつに分けて運べば、いずれ片づくにちがいない。

彼はいつかどこかで目にした牛の詩のことを思い浮かべていた。よく覚えていないが、何でもこんなふうな内容だった。

牛はのろのろと歩く
牛は急ぐことをしない
ひと足、ひと足、自分の道を歩いていく――

いざ始めてみると、ものを運ぶのはそれほど楽な仕事でないことがわかった。途中にお寺に上がる参道があって、石段になっていた。両端から古い樹木の枝葉がせまっていた。

軟弱なエヌ君の主観的な思いからすると「さんざん疲れた」「メチャクチャ疲れた」というところだった。

　布団は一枚ずつでも運べる。机だけはさすがに加勢を頼んだほうがよさそうだという気になった。

　本や衣類や家財道具類を何度目かに運んで行ったとき、例の女性が台所の流しの前にいた。昨日は少女のような印象をもったのだったが、思っていたよりもおとなだという気がした。

　エヌ君は抑えた低い声で「おじゃまします」といって、そのまま返事を待たずに靴を脱いで階段を上がった。急な階段、重い荷物、転げ落ちはしないかとふと思い、転げ落ちたときのありさまを想像した。

　エヌ君は気分がひどく沈鬱だった。彼にはよくあることで、これという心理的な原因がなくてもどうしようもなく気がふさぐのである。それは生理的・身体的な不具合からくるウツともいうべきもので、彼には常のことだった。

　次に段ボールの箱に詰め込んで、茶碗やコップや鍋などを運んできたとき、やはり台所の流しのところに彼女がいたので、エヌ君はうしろから声をかけてたずねた。

「あのう、すみません。ここの住所を教えていただけませんか」

転居の報せを何人かの人に送らなければならなかった。

流し場からこちらへ歩み寄ってきた彼女は好意的で愛想がよかった。彼のほうはというと昨日同様無愛想である。彼女に対して無関心であることを、自分に対しても相手に対しても装う必要を感じたもののようだ。

彼女はちょっとためらってからいった。

「あのね、ホリバタ町です……ホリバタ町三丁目……」

エヌ君は頭がぼーっとしていてよく飲み込めない気がした。わかろうとするために彼女の顔を二回三回と見て、すぐに目をそらせた。

彼女は同じ内容を繰り返した。

「ああ……。それで名前は？」

「え？　ああ名前……、ムラタ・ユーケンです。あのね……ムラのタンボで……」

エヌ君は耳を近づけてわかろうとした。

「あ、書きましょうか」

「ええ書いてください」

エヌ君はにこりともしない顔でいった。そしてポケットから手帳を取り出そうとした。

われながら無様、彼女の顔を見ないようにと心が揺れていた。

彼女はいった。「ちょっと待ってください。ちょっと聞いてきますから」

彼女も明らかに慌てているようだった。奇妙な人間と対面して具合が悪いと感じたのにちがいない。彼女は奥へ行って、お寺のおばさんを呼んできた。おばさんが親しく朗らかに笑って迎えてくれたので、エヌ君は助かる思いだった。

「こんにちは」とエヌ君はお辞儀をした。例の彼女に対するのとは、まるで違った朗らかさと快活さである。

おばさんは名刺をエヌ君に渡した。エヌ君は愛想笑いとともに「どうも」といって頭を下げた。例の女性がそんな彼のおかしさを笑っているのじゃないかと感じた。それでも彼は再びおばさんの前に「どうも」といって、こんどこそ空虚な意味のないお辞儀をもう一つつけ加えた。おばさんが出て行くとき、彼はとっさに思いついて、背後から「あ、ほうきを貸してください」と言った。

それは自分ながら明るく感じのいいものだという気がしたのだった。

7

住職は多くの肩書きをもっていて、そのなかには幼稚園長というのもある。おばさんはお寺の主婦であるほかに幼稚園の先生でもある。例の若い女性は、少し茶目気のあるひとという印象をエヌ君はもったが、それほど美人というのでもない気もした。けれどもそれはそれなりに魅力がある。多少声が鼻にかかっているといっても、少しも悪い印象ではなく、全体としては自然で端正な感じといえた。ところがいざエヌ君が引っ越してくると、彼女の姿は見られなくなった。その後、彼女のことが気になるということも彼にはなかった。

ただ、あのとき彼女の存在は彼の心の中を鮮やかに照らしだしてくれた。その瞬間彼は自分の中にある貴重なものを目にすることができたのだった。

新しい部屋は北向きで狭く、壁も柱も窓枠も窓ガラスも畳も押し入れも、ずいぶん古びて粗末なものだった。入居してみると、それが思いのほかエヌ君の気に入った。

二階の窓からは裏庭が見えた。その庭の隅に粗末な物置小屋が建っていた。小屋の横に古井戸があって、汲み上げ式のポンプが据わっていた。庭の空いた部分は畑になっていて、野菜が作られていた。すぐ向こうに山の斜面が迫っていて、いろんな種類の樹木やつる草が繁茂して、一面に枝や葉をひろげていた。

盛んな様子で繁茂する植物の姿は、エヌ君に現代生活と自然といったもののイメージを幻想させた。都市化し、人工化し、便利化し、ますます快適化していく現代生活——そこでは、たとえばゴミや糞尿や伝染病や死など、日常生活にとって不快なものや危険なものは周到に目に見えないところへおしやられ、諸種の方策によって人びとは災厄や不快事から注意深く守られている。いつ暴れ出して猛威をふるうかもしれない自然は、町の回りに巡らされた堅固な壁の外に閉め出されて、壁の内部では揺るぎのない安全が、安心がしっかりと構築されている。それが現代文明というものだ。そんなふうな幻想が無意識のうちに人びとを支配している。——けれども現実はそうではない。いくら災厄や不快事を外にしめだしても、〈自然〉は依然として生活のすぐ周辺に、わたしたち自身の内部に深く食い入っている。どれほど文明が発達し人工的な防御システムが構築されても、われわれ人間は一〇〇%自然の存在であり、自然そのものの中にどっぷり浸かっている。そのことに少しも変わりはない。

山が近くに迫っていることによって生じる問題もあった。

ある朝起きてズボンをはこうとしたとき、エヌ君は足のスネに微妙な違和感を感じ、あわててズボンを脱いだ。

ズボンの中をのぞくと予感があたっていた。百足《むかで》である。百本も足があって刺されるとひどい目にあうというので、子どものころから恐れ毛嫌いしてきた虫だ。熱湯をかけて殺すという定番の処理方法は、むかし親に教えられ何度となく実行してきた。あいにく手近に熱湯がなくて、もたもたしているうちに、ムカデは押し入れのほうへ逃げて行方不明になってしまった。

ムカデにとってははなはだ迷惑な話、けれどもエヌ君にとっては禍々しい存在である。まさかズボンといっしょにそれを身につけることになろうとは……

さらにしばらく経ったある深夜、寝しずまったお寺にけたたましい悲鳴が鳴りわたることがあった。

「ギャーッ！」

人びとが騒ぐ声が聞こえ、聞こえる話から察すると、どうやらお寺のばあさんが布団の中でムカデに刺されたらしい。しばらくのあいだ手に包帯をまいたばあさんの姿が見られた。手の甲が派手に腫れ上がっているようだった。


そのころ連日雨が続いたあとで、とくに激しく降る日があって、街路に水があふれた。アルバイトの帰りに彼は水びたしの道路を歩いた。

その後雨はいったんやんだが、夜中の0時過ぎになって、とつぜんザザザザッ……とひときわ激しく降り出す音が聞こえ、閃光が部屋の中を照らし出した。と思うまもなくもの凄い音が鳴り渡った。雷だ。繰り返し何度も轟いて、繰り返し何度も雨音が強くなり、ときにはアラレのように屋根をガリガリッと打つ様子である。しばらくすると、雨は弱まって、雷もやんだ。そして眠りが訪れた。

戦争が始まる夢を見た。北の方から南に向けてミサイルが発射された。空中を飛んでいくその軌道がとても鮮やかに目に見えた。やっぱり始めたのか。とりかえしのつかないことになった。まさかとは思ったのだけれども……。そう思ううちにもすぐ近くの空中でパチパチパチパチと華々しく火花が散った。これはいよいよやばい。

目が覚めると、夜中の三時過ぎ。雨水が山肌を流れ落ちる音が聞こえた。雨はやんでいるようだった。しばらくすると、ドドド……ドォォッ……と、普通よりはるかにものすごい爆音がした。「おや？ 戦争だろうか？」と一瞬思ったほどだ。もちろんそれはない。雷が落ちたのだろうか。雷はとっくにおさまっているようだけれども。

次の朝はからりと晴れていた。実に久しぶりのことだ。

新聞では、各地で大規模な水害があって、何でも数百人が死んだり行方不明になったりということだ。

雨上がりの気持ちいい朝。歯を磨くために裏庭に出てみて驚いた。巨大な量の土砂のかたまりが裏庭に積み重なっていて、離れ家の一部が押し潰されて壊れている。裏山の斜面がえぐられて、赤土がむきだしになっている。雨が続いたために地盤がゆるんで山崩れが起こったのだ。

何という朝！　えぐられた斜面の周辺に、水に濡れたみずみずしい緑の葉々が伸び上っている。畑には黄色の花々が乱れ咲いていて、その横でおばさんが洗濯ものを干している。むきだしになった赤い土。恐ろしい破壊のあとに生き残った大小無数の樹木の群れ。そんな樹木の枝々や幹々にからみついて上へ上へ伸びひろがろうとする無数のツル草たち。色の濃いのや柔らかいのや、諸種様々な形をした葉々。

山の斜面のいたるところで、ありあまる豊富な水が、つきることなくあふれこぼれながら流れ落ちている。

水の中に見え隠れする魚たち

1　手と足の反乱

　夜の十時過ぎ、入浴をすませ、家族からも離れて、彼は、ようやく一人きりの部屋に引きこもった。〈さて……〉と、くつろいで、冷蔵庫から持ち出してきた缶ビールの栓を開け、コップに注いで一口飲んだ。

　すると、はたして、ゼンソクの小悪魔がやってきて、気管支の中で、ゼロゼロ……ゼロゼロゼロ……ゼロ……ゼロ……と調子外れの音楽を奏ではじめた。いつものこと、それは若い頃からの持病で特別のことではない。アルコールを摂取すると、たいていの場合、まずはじめに、喉の奥の方から、あまり愉快とはいえないメロディーが鳴り始めるのだ。そのまま放置すると、次第にトーンが上がってやっかいな事態になる。

　彼は急いで、机の周りを見回し、ずぼんのポケットをさぐり、それから昼間着ていたブレザーコートを探しはじめた。そのポケットに喘息用の吸入薬を入れておいたはずだ。これまでも何度もどうしようもなく猛烈な窒息状態を経験した。吸入薬が見つからなかったら大変。ときに死に至るのではないかと思うような危急の事態に陥ることもある。一度など意識を失って救急車で病院に運ばれたこともあった。応接間のテーブルの横の床に、脱ぎ捨てられたブレザーコートが見つかったときには、正直ほっとする思いだった。急いでポケットから取り出した吸入薬を一回、そして二回と吸い込むと、息苦しかった呼吸がやや落ち着いた。

それから、彼は、しばらくパソコンに向かって、書きかけの原稿の続きを考えていた。

《日常生活の中で目にする何でもないありふれた心の動きを、文章の網でさっとすくいとるのだ。心は水の中に見え隠れする魚である。魚たちは、くすんで目立たない色をして水中に出没する。底の方でちょろちょろ動き回るこれら水中生物たちは、街のスーパーマーケットで見かけるいろんな人びとの顔や姿や装いと同じように、ほとんど注目されず、思い出されることもないままに、水の中を通り過ぎていく。たとえば……》

しばらく考えても次が浮かばなかったので、ここまで書いて彼は椅子から立ち上がろうとしたのだった。立ち上がって、どうするつもりだったのか。たぶん、台所へ行って酒のツマミでも取ってこようと思ったのではなかったか。あるいは自分の担当業務である食器洗いをまだ終えていなかったことを思い出したのだったかもしれない。

ちょうどそのとき、〈あいつ〉がやってきたのだ。

彼は椅子から立とうとして、意外なことに、それができないことに気づいた。

「おい、まさか？……そんなことあるわけない……」

頭は非常にはっきりしていた。

けれども、身体を持ち上げようとすると、足のやつがまるで言うことをきいてくれなかった。そのせいで彼はついに椅子から床にくずれ落ちてしまった。

「おいおい、ばかな……そんな……」

そう思いながら、彼はなおも床から起き上がろうとした。しかしまるで駄目。起き上がれないばかりか、ついに床にうつ伏せになってしまった。

そんなはずはない……手で身体を支えて立とうとした。けれども、手までが気まぐれをおこして、思うように働いてくれなかった。

「そんなあほな……」彼はほとんど声に出していった。「立ち上がろうとしさえすれば、立ちあがれるはずなのに……」

　呼吸が激しくなっていた。ゼンソクの発作がおさまらないのだ。この度のは呼吸困難による苦しさはないのに、ゼーゼーと息がはやく激しい。どうも酸素不足がその原因になっているような感じでもある。身体がもちあがらずうつぶせに倒れた姿勢、肺を床に押しつけるような状態で、これはまずい、このままではどうもよくない、という思いが意識に去来した。

　床に倒れた状態のなかで、このありさまでは来週予定されている職場親睦会のソフトボール大会に出られないのではないか、というのんきな懸念が、まず彼の心をよぎった。彼はその大会を楽しみにしていたのだ。次の瞬間、それどころではない、今倒れたら自分だけでなく家族が大変なことになる、という考えが頭にひらめいた。

　どれくらいのあいだ、そうして倒れていただろうか。おそらくそう長くはない。ほんの三、四分ていどだったのではないか。状態がおさまるのをしばらく待ってもよかったのだが、自力で起き上がりたい気があって、何度目かにいよいよ本格的に力を入れると立ち上がることができた。

　立ち上がってもまだ感触が奇妙だった。

再び椅子に腰を下ろしパソコンのワープロファイルを開いて、指を動かしはじめた。今経験したばかりの危機の状況を日記に記録しておきたかったのだ。

指でキーボードをたたきながら、彼はそばにあったビールのコップに手をのばした。コップを少し持ち上げただけでそれを落としてしまった。コップは机の上にひっくり返って、ビールが机から床にこぼれた。彼はあわててコップを起こした。残っていたビールを缶からコップに注いで空けた。

そうすると、いつのまにか、〈あいつ〉はいなくなっていた。

2　ガラクタが輝く

ふと気がつくと、彼は見るともなく部屋の様子を眺めていた。

床の上にとりとめもないガラクタの類が乱雑に散り敷いていた。しわくちゃに丸められた紙片、インクが出なくなったボールペン、何かの木の切れ端、ホウキ、チリトリ、捨てられたティッシュペーパー、目覚まし時計、缶詰の空き缶、紙コップ、スプーン、ホッチキス、ハサミ……

いずれも、ありふれて詰まらないものばかりである。

これが自分の存在の中身だ。自分の中にあるのは、光を発することがない色あせたガラクタばかりだ。平凡で冴えないガラクタを、いくら一か所に寄せ集めてみても、そこから価値あるものが生まれてくることはない……

そんなふうに思いながら、彼はその光景を眺めていた。

次の瞬間、驚いたことに、そんなガラクタたちの中に微妙な変化が生じるのを感じた。色褪せてくすんだガラクタ類が、にわかに生気を帯びはじめたのだ。いずれのガラクタも互いに関連をもち微妙に輝きを発しながら、意味に満ちて息づいている。彼はその光景をじっと眺めた。

そうか、ありふれて詰まらないガラクタがこんなふうに輝くのだ。水のない小石ばかりの川原を見ていると、いつのまにか〈さらさら、さらさら〉と水が流れはじめた、というあの詩は、このことを言っていたのだ。

ふとわれに返ると、彼はベッドに横になっている自分を見出した。

何だ、夢だったのか。

3　本社からの電話

朝、会社に行くとき、今日はこれこれの仕事がある、この仕事を片づけよう、と思うことは、三谷秀彦にとって、一つの楽しみでないこともなかった。

たしかに、仕事は山と積まれている。それを一つ一つ片端から片づけていかなければならない。日々の暮らしのためには不可欠でありとても有難いともいうべき給料をいただいて、そんな仕事に従事しているからには、それから逃がれることはできない。そうだとすると、ただ一時も早くそれを片づけて〈自由〉になりたい、というのが、偽らぬところだった。伝説の中の巨人が、大山をちぎっては投げちぎっては投げ大奮闘するように、自分にとって本質的でもない課題を、きれいさっぱりと平らげてしまって楽になりたい、まず何よりも彼の頭の中にあるのはそんな思いだった。

きれいに片づけたら、それで楽になるかというと、必ずしもそうではない。その前方には、さらに別の仕事ややっかいな案件が待ちうけている。それでもとにかく今の仕事を早く片づけてしまいたい、そうすればひと息つける、という気になるのだ。

そもそも、その課題というのが、自分が人生について抱いている関心事とはおよそ無関係であり、自分の精神生活にとって意味あるものとはとてもいえない。いや、むしろ、明らかに無意味といっていいものばかりだ。それを考えると、どうしてそんなことにそれほどまでに頭を傷めて苦しまなければならないのか、もうたくさん、という思いにもなる。

とはいうものの、自分にとって本来意味もなく面白くもないそんな課題でも、実際にそれに従事していると、頭が活力を帯びてきて、次第に自分の能力が目覚めてくる。そうなると、それを見事に手際よく片づけることへの意欲が湧いてきて、そこに楽しみさえ感じるようになるのである。


目下、秀彦が片づけなければならない仕事は、年一度の検査を受けるために提出を求められている資料を作成することだった。

検査は通常、本社の検査当局から派遣される三名の職員によって行われる。〈重箱の隅をつつくような点検〉が実施されて、そこで、たまたま重大なミスやゴマカシが明らかになって、窮地に追い込まれることもある。自分の失策、無責任、欠陥、無能のほどが、白日のもとにさらされて、致命的な〈失格の烙印〉を押されることになるのではないか、という不安がある。

何でもないあたりまえの日常の傍らに、目に見えないそんな恐怖が広がっているのである。

その日、朝から秀彦はさっそく職場のパソコンの前に座って、資料作成の作業にとりかかった。一年間の実績の数字をあちらこちらの書類から拾ってきて、決められた書式の空白を数字と文字で埋めていくのだ。作成期限は一週間後に迫っていて、あるていどの余裕をもって何とか仕上がるだろう、と彼は見込んでいた。

彼の担当する仕事は、ちょうど一年中で一番忙しい時期にさしかかっていた。三か月後までに片づけてしまわなければならない案件が書類の山として待ち受けていた。それが彼の担当する本来の仕事で、彼は一日も早くそれに取りかかりたいと思っていた。けれども検査が目前に迫っていて、当面はまずそちらを片づけるほかない。

そんな状況の中へ、さらに先週末に、本社から突然予期せぬ調査書類が送られてきた。こういうことは今の職場へ来てから、ひんぱんにあった。この忙しいときに、と秀彦はかなり腹立たしく思ったので、意識的に一部手間を省いて、ちょっとばかり適当でいい加減な報告をしておいた。

夕方までにこれだけは片づけようと考えていた仕事に取りかかってまもないころ、本社○○課の担当から電話の訪問を受けた。

「○○課の松島です」と親しさを交えた丁寧な声音で電話の主はいった。「先週ご報告いただいた××調査ですけれど、三か所ほど数字がおかしいので、もういちど拾い直していただけますか」

うーむ。やっぱり来たか。

松島というのは大柄で頑丈そうな体格の人で、右手の肘の先半分が欠けていて、左手で受話器をもつのだ。文字も左手で器用に書く。そんな目につく身体上のハンディをもっていながら、彼は少しも悪びれたところがなく、相手が嫌がることや抵抗を見せてしぶることでも、必要なことはしっかりと伝えるタフさをもっている。彼の語り方には、この仕事をしているからには、当然、かくあるべきだと確信している調子が感じられる。

こうなってみると、秀彦も、自分ながらいい加減な報告をしたものだ、恥ずかしい、という思いを感じた。けれどもタカが調査、どうせ大した意味のない形だけの調査じゃないか、と開きなおる思いもあった。

「うーん。どうすればいいのですか」彼はムッとなるのを抑えて松島に答えた。「いちいち書類をめくって全部拾うとなると、大変ですよ。今検査の資料作りとか、××とかが重なって、余裕がないところ……」

「そうですか」と松島はひるむ様子もなくそれを受けて、ちょっと間をおいてから、親しみを込めた口調を崩すことなく、これこれこうしたらいい、と説明した。

簡単に言ってくれるなあ、とこちらは思う。そこまでやらなければならないのだろうか、この大変な時期に。そう思いながら、もちろん、当然〈やらなければならない〉という思いは当方にもあるのだ。

「忙しいところ、すみませんねえ」と松島はひるむ様子なく、しかも適度な気軽さを込めた調子で言う。「できたら今日中に、できるなら少しでも早めにご回答願いたいのですが。部長に報告しなければならないので」

本社の部長といえば、社では大層な存在である。松島は、雲の上の偉い人〈逆らおうなどとは夢にも考えることができない人〉から命じられて、今回の調査にのぞんでいるのだ。その立場も考えなければならない。

松島としては、当然、いい加減なところで要求を曲げることができない事情があるのだ。そんなことをすると、いい加減な数字の責任が彼の身にかかってきて、彼自身が恥をかくか、窮地におちいることになるだろうから。

秀彦としても、そんな松島に逆らって、相手の立場を危機におとしいれることも、そうすることによって自分を不快な立場に追い込むことも、もちろんできない。

お互いに、給料をもらって生活している身であれば、このていどの労は当然のこと、いや、もっと理不尽なことだって身を惜しまずに引き受けて、何としてでもそれなりの結果を出すのがわれわれの職業人気質というものなのだろうから。

「わかりました」と、秀彦は返事した。「何とかやってみます」

そう答えたものの、不満があるので、彼はすぐには要求された作業に取りかからなかった。あらかじめ予定していた作業をそのまま進め、昼前になってようやく松島からいわれた作業に取りかかった。

そうするうちに昼休みを報せるチャイムが鳴ったので、彼はさっさと昼食に出た。

4　町の大衆食堂

昼休み、三谷秀彦はいつも単独で行動した。

何人かで誘い合って食事に行く人たちを見ると、彼は自分を欠陥人間のように感じた。

一人の方が気楽だ、人といっしょにいると、自由な気分になれない、というのが彼の自然な傾向だった。同時に人も、彼といっしょにいると退屈で気まずいだろう、彼を避けたいと思うだろう、と気遣うところがあった。どこへ行っても、彼は知った人と出食わすことを避けようとしている自分を見出した。彼はそんな自分を組織の中の不適格者、致命的な欠陥人間のように感じていた。

食事に向かう途中、元同僚の桐原吾郎と出会った。桐原は、秀彦が以前所属した職場の年下の同僚で、かつては、仕事の関係でいっしょに行動することも多かった。

桐原吾郎にもどことなく孤独の影があるように秀彦にはみえた。といっても、桐原のほうは色気が多くて、あちらこちらへ頭を突っ込んで行く傾向があって、それが彼を社交的にもみせていた。

人にはそれぞれ特有の癖、性格の偏りのようなものがある。桐原吾郎の場合にも、そのような偏りがあった。それがどのようなものであるか、つきあっていると何となくわかるものだが、言葉でいうのは難しい。たとえば神経質というのもその一つである。人から批判されたとか、悪く言われたとかいったことを、桐原は、かなり極端に気にするところがあった。そんなとき、彼は繰り返ししきりに自己弁護して、自分は悪くない、相手が間違っている、という理由をくどいほどに何度も並べ立てる。

もちろん、それ自体は誰にでもある普通のことだ。批判されると、人は自分の人格が危機におとしいれられたように感じ、自然の防御反応が起こる。それが強い場合には、ちょっとしたパニック状態におちいるのだ。三谷秀彦には、とりわけ桐原のそういう点が印象に残っていた。桐原は、そうした危機を人より強く感じる性分なのかもしれない、と思ったものだった。

秀彦は、軽く桐原に会釈してそのままやりすごそうとした。当然相手もそうするだろうと予期したのだ。

「三谷さん、いっしょに食事に行きましょうか」と桐原は誘った。

予期しない展開で、秀彦は一瞬戸惑った。ちょっと煩わしい気がしたけれども、成りゆき上しかたがない。彼は心を決めて、いいだろう、それじゃ行こうか、という気になった。

会社の周辺には、従業員目当ての安食堂がいくつかあった。桐原が先に立って入っていったのは、そんな中でも小さ目の大衆食堂だった。どんぶりもの、うどん、ラーメン、カレーライス、チャーハン、焼きそばなどのほかに、いく種類かの定食があった。

メニューを見てから、桐原は天ぷらどんぶりを注文した。三谷秀彦はちょっと迷ったすえに、カツカレーに決めた。

「久しぶりですね。三谷さん」と桐原。「今の職場はどうですか。いいところですか」

「いやあ、けっこう大変なところで」と秀彦。「早く別のところへ変えてほしいと願っている。これからちょっと忙しくなる。検査も近づいているし。でも、いくら忙しくて大変でも、それはいい。仕事だからね。参ってしまうのは、やっかいな難問が舞い込んできて、それが重荷で悩むこと。これまでいろんなところに転勤してきたけれども、こんなに悩んだことはない。自分はこの仕事に向いてない、とつくづく感じる」

「残業はあるの？」

「うん、あるよ。実のところ、ぼくは、仕事が忙しくてもなるべく残業したくない主義なんだけど、周りがみな技術職の人たちで、彼らは、年中掛け値なしに忙しい。毎日遅くまで居残るのがあたりまえの世界になっていて、彼らは彼らで仲間意識が強い。こちらもあるていどつきあわないとまずいかな、と思ったり、つきあいきれないよと思ったり。何しろこちらから彼らに頼まなければならない仕事も結構あるのでね。残業を当然と受け入れる心がこちらにあればそれで問題はないのだろうけれども、時間外まで仕事に縛られるのは、自分の意に反していると感じるので、ほんとうはひどく憂鬱なんだよね。この状況は、ストレスが溜まってよくない」

注文の品が運ばれてきた。

桐原は天ぷらどんぶりに箸をつけ、秀彦はカツカレーのスプーンを握りながら、しばし黙した。

「そうですか。それは大変ですねえ。職場社会には、ストレスがつきものですからねえ」

しばらくの沈黙があったあと、桐原は、店内を見回して言った。

「ぼくもこのごろ、南田さんのにぎやかなおしゃべりに悩ませられて、ストレスが溜まりがちなんですよ」

「南田さんは相変わらず？」

南田さんというのは、中年のベテラン事務屋で、三谷秀彦も転勤で今の事務所へ来る前の数年間、同僚として彼女と同じ事務所で過ごしたことがある。彼女はいわゆる「能天気」という言葉が当てはまるような、陽気な女性で、折りさえあれば、若い人たちをつかまえておしゃべりして賑やかな声で笑う、といった印象があった。もちろん、仕事はきちんとやる。見かけとは別に、個人的にも仕事の上でも、それなりに悩みを抱えてもいるようでもあった。いつも能天気にしているわけではないが、とにかくそういう印象が目立っていた。

桐原は以前から彼女と性が合わないところがあった。かつて秀彦と隣り合わせの席だったころにも、彼女の声のみならず、存在そのものが桐原を悩ませるらしかった。彼女の派手なしゃべり声を聞きながら、桐原は机に向かって何も言わずに仕事をしている。彼女に対する苦情めいた様子は外に出さないでいながらときおりぽつりと、「騒音公害やな」とつぶやいたり、「最近はこんなもんで防衛してるんですよ」と耳栓を取り出して、秀彦に見せたりした。彼女からちょっとした雑用を回されると、桐原は、「へい、へい。わかりました。やっておきます」と愛想のよい声でいったあと、彼女が立ち去ると、「自分でやればいい。腹立つなあ。……あ、いかんいかん。腹を立ててはいかんな」と声に出してつぶやいた。

おそらく相性というものだろう。周囲の人たちは、彼女と普通につきあっていて、彼女の声にそれほど特別なストレスや反感を感じているようでもなかった。

「とくにこのごろ奇妙なふうに彼女が意識されて困ってます」

天ぷらどんぶりのエビ天をひと口かじってから桐原は言った。

「たとえば駐車場を歩いていて、前方に彼女の姿を目に留めると、ぷいと横を向いてしまいそうになるんです。彼女をひどく嫌っていることをおもてに見せてしまいそうになる。見せたら相手はそれを察するだろうし、ぼくへの不快感をますます強めるにちがいない。そうなるとさらに関係が複雑になって、近くにいるのがいよいよ気まずくなってしまう」

「うん。わかる、わかるよ」三谷秀彦はトンカツのひと切れを口に放りこみながらいった。

「相手は南田さんじゃないけど、似たような経験がぼくにもある」

「こちらが南田さんを不快に思い嫌っていることを、南田さんも何となく感づいている、そのために、彼女はぼくを許せないと思い、心でぼくを批判し軽蔑する気持ちになっている、という気がする。こういうことは互いに微妙にわかりあうものですからね。心の内が表に出てしまうことをぼくは恐れていて、なるべくそれを隠したい。いや、隠すよりも以前に、できるならばそのようなものを感じないでいたいと思うんです。正確に言うなら、ぼくがそう思うというよりも、〈ぼくの心〉がそう思うのを、ぼくはただ見て知るだけなんですけどね」

「なるほど、なるほど」笑いながら秀彦は言った。「心は人の意向に関係なしに、勝手に動いていく。ぼくらは、心がどう動いていくかを〈見る〉だけで、それをどのように動かそうとか、どのように動かさないでおこうとかと考えても、なかなか思うとおりには行かないものだからね」

桐原は天ぷらどんぶりを半分近くまで平らげた。

「ぼくが何よりも願うのは」桐原はさらに話を続けた。「彼女の〈おしゃべりの洪水〉が氾濫する川辺に立っていても、それを〈馬の耳に念仏〉みたいに聞き流してしのぐことができる、そんなコツを感得したいということです。そうできれば動揺も不快もなく、平静でいられるわけですからね。実際ぼくは何度もそのコツを感得しました。そうすると、信じられないくらいに心が軽くなります。けれどもそれは一度感得してそれで終わり、というものじゃないんですね。その都度新たに感得する必要があるんです」

三谷秀彦は、先日読んだ入門的な心理学の本のことを思い出した。

「このまえ読んだ本の中で、女性の心理専門家が書いていたよ」と彼は言った。「社会生活をするなかには、誰でも〈どうにも虫が好かない人の二三はあるもの〉だって。そういう感情を人に対してもつことは〈ありふれた普通のこと〉で、〈何ら不自然でも異常でもない〉んだって」

「そう。人と人のあいだには、自然に発生する奇妙な好き嫌いがあるようですね」

「その本の中で、面白いと思ったのは」と秀彦は続けた。「最近、〈亭主在宅ストレス症候群〉とかいうのが話題になっているという話。たとえば、普通のサラリーマン。通常、昼間、亭主は働きに出て家にいない。定年退職後、亭主が一日中家にいるようになってから、妻が強いストレスに害されて身体を悪くして、病院にくる。症状はいろいろのようだけれど、たとえば肝機能、高血圧、胃かいよう、ぜんそく、不安神経症といった具合」

「その話なら、ぼくもいつかテレビで見たことがあります」と桐原。「深刻な話ですねえ。今、その話を聞いて、ぼくは、白洲次郎が言ったというおもしろい言葉を思い出しましたよ。『夫婦円満の秘訣は？』と尋ねられて、白洲次郎は『夫婦が一緒にいないこと』と答えたそうです。彼の奥さんはご存じのとおり、ご主人に劣らずユニークで個性豊かな女性で、文筆家としても名前を知られた白洲正子さんです」

「神経質な人の場合」秀彦は自分が話し始めたテーマをさらに続けていった。「たとえ家族であっても、同じ空間にずっといっしょにいなければならないというだけで、相当なストレスを感じることがある。退職した亭主がずっと家にいるために余計な手間が増えるってこともある。食事も作らないし、家事もしない亭主が、家でゴロゴロしながら、小うるさく指図をしたり、『おい、コーヒー』と注文したり、妻が外出するのを嫌がっていちいち難癖をつけたり、妻の買い物についてきたり、なんてことになると、奥さんもたまらないだろうからね。妻が家を空けるのを嫌がる亭主は、日本にはいまだにあるそうだから。あるいは亭主がこまめで、家の中をクルクル動き回って働くってのも、いいようでいて奥さんは落ち着いてのんびりしていられない。一時期、〈粗大ゴミ〉〈亭主は無事で留守がいい〉といった言葉が、おもしろ可笑しくもてはやされたのも、まさに奥さん方の気持ちにぴったりフィットするところがあったからなんだろうね」

「怖い話ですねえ」と桐原は言った。「われわれも気をつけないと、何が起こるかわかりませんね。知らずに奥さんにストレスを与えつづけていて、ある日突然サヨナラなどということになるかもわからない。熟年離婚などというのも増えているそうですからね」

「ダンナが家にいるあいだ、心が落ち着かない、何も手につかない」と秀彦は続けていった。「亭主の一挙手一投足が気に障って腹が立つ。出かけるのなら早く出ていったらいいのに、家にいるだけで息が詰まる、といった状態の奥さんもけっこうあるらしいよ。奥さんの方も、自分が望んでそうなるというよりも、心が勝手にそうなるのだから、やっかいだね」

「そうそう、心が勝手にそうなるのだから、始末におえない」と桐原。「ぼくが南田さんに対して感じるものと本質的に似ていますね。ほんとうにやっかいなんですよ」

「ある中年夫婦の例で面白い話がある（笑ってはいけないな、深刻な話だから）」秀彦はさらに続ける。「小学生の娘が摂食障害を起こし、妻がそれを気に病んで体調を崩した。医者に行くと、妻はストレスによる肝機能障害だといわれた。その後、何年ものあいだ妻の病状はよくならないどころか、悪化する一方だった。ところが、十年後、夫が単身赴任で家を空けて東京へ行くことがあって、そのあいだ、妻の病気が嘘のように改善した。さらに、その後数年して、夫が単身赴任を終えて家にもどってくると、妻の症状もまたいっしょに帰ってきたとか」

「うーん、なるほど。すごいですねえ」と桐原はいう。「そうなるとダンナの立場がありませんねえ。長年にわたり、家族の生計を維持するために、不本意な時間外労働を続け、仕事から逃げ出したくなるのを耐えて精励刻苦してきたのに、夫が家にいるだけで妻の身にあらぬストレスがかかって、病気になってしまう。妻だって、家族に対する夫の功績を過小評価しているわけではない。ただ、〈妻の身体的不調というあまりにも明白な事実〉が、ストレスや不満を白日のもとに照らし出すのですからね」

「この前インターネットで調べていると」と秀彦はつけ加えた。「最近は、〈妻在宅ストレス症候群〉というのもあるそうだよ。こちらは、奥さんが家庭にいることによって、亭主が病気になる話だけれど」

ここまで話すうちに、ようやく秀彦はカツカレーを食べ終え、ほとんど同時に桐原も天ぷらどんぶりを平らげた。空になったカレーライスの皿と天ぷらどんぶりの鉢を前に、さて、店を出ようか、どうしようか、と二人は向き合った。

桐原はいま少し話し足りない部分があると思ったのか、先ほどの話を補足しはじめた。

「南田さんが目の前からいなくなると、ぼくの緊張は和らいで楽になります。彼女が目の前にもどってくると、再びぼくは緊張しはじめるのです。それは主として、彼女を不快に思っている様子を彼女に見せたくない、彼女をそばに感じる時の心のこわばりを隠さなければならない、と思う緊張です。彼女の傍にいると微妙な感じとして、自分の様子に彼女への不快な感情が出てしまうと恐れ、ぼくは実際にどのように振る舞ったらいいのか、困惑するのです。陽気に楽しそうにM君やS氏と話す彼女の声が聞こえると、彼女はぼくを軽蔑し、ぼくにあてつけているのだ、と感じます。何とかそのような状態から抜け出たいと思って、彼女と周囲の人たちの会話に入りこもうと、ぼくは、ひと言ことばを挟むのですが、南田さんは、明らかにぼくにあてつけるようにそれに振り向かないで、ほかの人との会話を続け、さらにほかの人の方に向けてばかり話そうとするんです。彼女はこのところぼくにものをいうとき、奇妙にていねいに気を遣って、『忙しいところ恐縮です』などと、改まって丁重すぎることばを使います。そのことばがぼくへの不快感の表れなのだと、ぼくは察知してしまうわけです」

5　もやの中の出来事

何だかよくわからない経緯があったあと（それがどんな経緯だったのか、はたして経緯などというものがあったのか、経緯などというようなものは何もなかったといったほうがいいのではないかという気もする）、彼らは四人で、ある人物を殺しに出かけるところだった。何でも、身内か仲間が受けたひどい傷害に対して、その加害者に怒りの一撃を加える必要がある、といったことらしく、そうするのが世間的にも正義の上でも、当然の権利であるばかりか〈義務〉でもある、という事情が前提として厳としてそこに存在するようだった。

いきなりそんな状況の真っただ中に投げ込まれた彼は、次第にわれに返ってこんな大変なことに加わっていいのだろうか、と強い戸惑い、不安を感じ始めた。不安と戸惑いのなかで、殺害を行う場面が彼の脳裏のスクリーンに鮮やかに浮かんだ。彼らのうちの一人がある人物の身体に短刀を突き刺し、次の者がまた一刺しし、次々と四人の者が手にもった凶器を振り下ろした。最後のひと刺しはおそらく彼だったのだろうか？

こんなふうに、彼は仲間とともに一人の人間の抹殺に荷担するために来たのだろうか？彼は、従来から、死刑廃止論に共鳴していた。個人的であれ社会的であれ、恨みを晴らすためであれ制裁のためであれ、たとえ正義と法の名においてであっても、人為的に人の命を奪うことには大いに疑問を感じる、と思うところがあった。

けれどもそんな個人的な信条とは無関係に、現に、今彼らは、四人でグルになって、一人の生命を滅ぼすためにきたのだ。先頭に〇〇氏と××氏が歩き、あとから少し離れて、彼が誰か知らない女性と並んで道を進んでいく。子どももいっしょにいたのだろうか。彼が小さな娘を腕に抱きながら歩いている場面が部分的にあったようだが、単なる空想だったのか、現実だったのか、はっきりしない。何しろすべてが朦朧たるもやの中で進行しているような具合だった。

そういえば、さきほど彼は仲間から何かわからない品物を手渡された。何であったのか、たぶん、殺しのために必要な品なのだろう。

さらにしばらく歩くと、同行の女性が「これまだ渡してなかったね？」と言って、薬の入った袋のようなものを彼に見せた。彼女はそれを彼の服のポケットに入れた。毒薬だと彼は思った。

そんなことはしたくない、何とかやめられないか、という思いがますます高じてくる。しかし今さらやめるとは言い出せない状況になっている。

しばらく行くと、同行の女性がぽつんと言った。

「嫌だね。どうしてこんなことになったんだろう」

彼女もほんとうは気が進まない、やめたいと思っているのだ、と彼には感じられた。

彼はついに心を決めた。

「やっぱりぼくはやめとくわ」

彼はそう宣言し、宣言を確かなものにするために、手に持った容器の中身（たぶん仲間から人殺しのため手渡されたものだろう）を、「えい！」とばかりに路上にぶちまけた。ぶちまけられた中身は、アイスクリームのような感じで、ぺちゃりと地面にぶつかって周囲に広がって飛び散った。

6　会計検査がすぐ目の前に

今の職場へ来てから、三谷秀彦は、仕事のことで、気持ちが萎縮するようなことが次々と続いて、精神的に参ることが多々あった。これまで所属してきた部局では経験しなかったような苦しい状況が、次々と彼を襲ってきた。

仕事量が多くて忙しいだけなら何もいうことはない。仕事の処理の仕方はわかっているのだから、残業しながらでも時間をかけ、手間をかければ、いずれ片づいていく。

たしかに、なかにはあれかこれかと迷う案件があって、その都度頭を悩ませなければならない。頭を悩ませながら、責任を追及されても大丈夫というもっともらしい理屈をひねり出して処理していくわけだが、ときにはどうにも決めようのない案件があって、えい、とばかりに処理してしまうこともある。それが明るみに出たら、責任を問われて、無防備に責められる立場に置かれることになるかもしれない。

いや、しかし、このていどのことはどんな仕事にもつきもので、まだ大した苦労ではないのだ。

もっと深刻なのは、ときどき臨時的に降ってきて彼を悩ます難問にあった。そうした難問は、一難去ってまた一難とばかりに次々と降ってきて、信じられないほどの悩み、苦しみを彼に与えるのである。

〈自分にとってはとても荷が重い、いっそのこと逃げ出したい〉と思われるような問題、〈そんなことをしなければならないのか、もう嫌だ〉と思われるような案件が、彼の今の担当にはことのほかに多い。

その都度、彼は頭を悩ませながら自分に問いかけるのだ。

〈このていどのことで、どうしてこんなに苦しむのだ。何も大したことはないではないか。

ほかの人なら朝飯前に片づけただろう……〉

彼は、穴ぐらに追い込まれたウサギみたいに青ざめて必死の形相になっている自分を見出す。それを人に知られたくないと思い、さりげない顔を装って隠そうとする。

自分の意思とは関係なく湧いてくる深刻な不安感情が、有毒な分泌物のように広がって、心を蝕んでいくのがわかる。

〈これはまずい。とてもよくない〉と思いながら、彼は心に蔓延する不安感情を懸命に鎮静させようとする。〈だいじょうぶ。何も恐れることはない。こんなことは長期的な視点で考えればすべて本質的に取るに足りないことだ。自分の存在のすべてがかかっているわけではない。一年後の状態を考えてみるがいい。過ぎ去ればすべて終わって忘れ去られているだろう……〉

自分に向かってそんなふうに言ってみても、直面する問題から解放されるわけではない。問題を放置して、自分の無責任性をさらけだすことはできない。

これこれこうしてこうすればいい、と彼は問題の処理方針を自分に向けて繰り返す。あとはそれを実行に移すこと、解決に向かって現実的、具体的に進んでいくだけだ。しり込みしたくなるような課題ではある。しかし、それを避けて通ることは問題の先送りにしかならない。

こうした事態に次々と直面するうちに不安が心に常駐するようになり、彼の精神は次第に弾力を失って、〈メゲ〉てきた。〈メゲル〉という言葉は、関西方面で「壊れる」という意味で使われる。「地震で家がメゲた」などという。強いストレスが長期間続くと、脳の細胞が壊れて萎縮するというような話を、彼はいつか何かの本で読んだ。

このところの状態はちょっとやばい。何か問題が生じるたびに、彼の精神は過剰反応を起こす。濃密な不安物質が心全体に広がって、必要以上に筋肉が硬直状態におちいり、心が麻痺して働かなくなる。

とはいっても、彼は完全に〈メゲ〉たのではなく、なかでもまだまだ何とかやっていける状態にあった。

彼の課のメンバーは、課長をはじめ七人で、彼以外の六人はみな技術職だった。技術職は年中忙しく、連日夜遅くまで残業するのが常態となっていた。そんな中で事務は彼一人であり、彼の性格が陰性であるせいもあって、気軽に周囲に溶け込めない状況があった。技術職の連中は連帯感が強く、互いのあいだで共通の知識、経験を共有していて、困ったときには、教えあい、助け合っていた。

秀彦は、仕事上の問題を人に相談できないことが多かった。課長の岸上氏に相談すべきなのだが、課長も技術職であるうえに事務のことにそう精通しているようではない。課長自身、難しい問題を抱えて大変なのが傍目にもわかる。そのころ、課長は課長で頭をいためる大きな問題に直面していて、連日連夜、所内の打ち合わせや、関係団体との交渉に駆け回っていた。そんな課長に、彼自身のつまらない小さな問題で負担をかけることはできないと感じられた。本来、秀彦が抱える問題は自分が専門なのであり、自分で処理しなければならないものだ、と彼は感じていた。

三谷秀彦の隣席の若い森野光男のところへは、あちらこちらの人がよく来て話し込んでいった。若い女性たちもときどきくる。森野は、ついこのごろ結婚したばかりであるが、人づき合いがよく、いろんな人に話しかけ、話しかけられ、言葉を交わす相手が多いようだ。

秀彦はどういうわけか、最初の顔合わせのときから森野とは相性がよくないと感じるところがあった。用があったら言葉を交わすが、気軽な雑談というものができない。もともと秀彦は自分から人に話しかけない性分だった。そのせいもあるのだろう、人からも話しかけられることがあまりなかった。当然、親しい友人もできなかった。自分が黙りがちであるために、しばしばまわりから浮いているように自分でも感じ、人からもそう見られていると思いがちで、それを不都合なことのように感じていた。それだけに、用があって人と言葉を交わす機会が訪れると、ほっとするところがあった。

人と親しく個人的に話し込むことは、めったになかった。どこかで知った人と出会っても、すぐに自分のほうから別れようとした。たまたま必要から長く同席する時間が生じない限り、彼は人と長く話すことをしなかった。

森野に対し悪い感情をもっているというのではない。どちらかというと、森野は、意外に繊細で、音楽や文学方面のことにも関心がありそうな印象があって、秀彦が興味を感じることのできる部類の人間かもしれない気がしていた。ただどうしてそうなるのか、秀彦は森野と顔を合わすのも具合悪く戸惑う状態で、いつも妙にそっぽを向き合うことになった。

傍にいると当惑を感じ、相手もこちらに対して似たような当惑を感じている、という気がするのだ。

自身が感じる当惑よりも、当惑を感じている自分と向き合って相手が感じるであろう当惑の方が、もっと秀彦を当惑させた。


まだいくらか日数があると思っていた検査が、すぐ目の前に迫っていた。

景気が落ち込んでいる時勢ということもあって、最近の検査は、念が入っていて、手厳しい、という認識があった。それを実施する側は、できるだけ間違いを見つけだして、成績をあげよう、何も見つけられなかったら自分の資質とやる気が疑われる、と考える。なかには、細かい数字や項目を馬鹿の字がつくほど几帳面に一つ一つ調べていく検査員もある。検査の時間は限られている。こういう人は、通常よく間違うツボを心得ていて、あらかじめねらった点に集中して、丹念に根気よく見ていくのだ。そうすると、間違いはたいてい見つかるものなのである。

責任を感じる立場になかった若い頃には、三谷秀彦は、検査ときいても呑気にかまえていたものだった。権威筋や偉いさんに大げさに気を遣い頭を下げるといったことへの冷ややかな反発心があったので、検査が何だ、間違いを指摘されたらそれでいいじゃないか。びくびくしないで、どーんとかまえていればいい。間違ったらすみません、と率直に謝ればいい。そんなふうに思ったものだった。

検査のためにてんやわんやする人びとに、秀彦はしばしば皮肉な思いを感じた。けれども、年齢を重ねるうちに、彼にも次第に検査の怖さがわかってきた。それは、担当者一人だけの問題ではなく上の立場にいる人の責任にもなる。いったんミスを指摘されると、その事後処理のために当局へ伺って平身低頭おわびしなければならず、是正措置を考えて報告し了承を得なければならない。担当者のつまらぬミスのために、ほかの人たちまでが煩雑な対応に追われることになるのだ。

実際、つまらない小さな間違いであっても、それを見つけられたときの気持ちは格別である。そのことを彼はおいおい知るようになった。

とりわけ前年の検査のとき、彼の担当する事務の誤りが見つかった。それはあらかじめ懸念されていた案件だったが、通常は何ごともなく見過ごされてしまうのだ。思いがけない偶然から発覚し、検査員はそれに食いついて執拗に追求してきた。秀彦は誤魔化しの説明をしながら顔が青ざめ、身体が硬直し、麻痺したようになるのを感じた。このとき、ベテランの検査員の顔が鬼のように見えた。検査でこんなふうに混乱してしまうのは予想外だった。

そのとき以来、秀彦は、検査をとても恐ろしいもののように思うようになった。〈弁明しようもなく責められる〉、〈無防備な状態で攻撃される〉、そういう立場に落ち込むことへの恐怖……

この日、検査当局から、本年度の検査予定一覧表が届いた。今年はこれとこれとこれを重点的に検査するという項目を、検査日の直前に知らせてくるのである。その中に一つ非常に気になる項目があった。それは、例年検査対象に上がらないと彼が思っていた項目で、彼はその事務についてはたいして重要ではないと思って少し手抜きしてきた。もしそれを重点的に見られたら、欠陥だらけではないか。今からでも書類の整備をしなければ、と不吉な予感を抱きながら秀彦は考えた。

仕事をしながら、業務用のファイルが一つ見つからないことが気になっていた。前日からずっと探しているが何度探してみても見つからない。どこへも行くはずがない、間違って捨てたりすることはありえない、必ずその辺にあるはずだ、と何度も思う。（ひょっとしたら間違って捨てたのだろうか）という考えも捨てきれない。

こういう場合、たいていは書棚の奥に押し込まれてほかの書類の陰になっていたとわかってめでたしめでたしで終わるのだが、今回はそうではない。ほかの書類に紛れ込んで別の場所にしまい込まれていたりしたら、ちょっとやっかいなことになる。すでに何度も調べた書棚を調べなおし、別室の書棚も調べ、次第に心が青ざめてきた。

何か月か前に新聞で報道されたニュースが思い出された。ある役所で、生活保護のケース・ファイルがいくつか間違ってゴミ箱に捨てられていた。決してあってはならない話だ。そのニュースが彼には人ごととは思われなかった。自らの日常の業務体験から、大いにありうる気がした。

もし検査の日までにファイルが見つからなかったらエライことになる。重要な証拠書類を綴じたファイルを紛失したとなると、申し開きのしようがない。

日頃呑気に扱っている書類の背後に、このような恐ろしい危機が隠れていたのだと、彼は改めて思い知らされた。

7　日常生活の背景

三連休の初めの金曜日昼過ぎに、彼は小学生の娘のマリを近くの高速バスの停留所まで送っていった。

停留所に着いたとき、彼はすでに何度か娘に言った言葉を繰り返して言った。

「○○駅で降りるのやで。間違ったらあかんよ」

「うん、だいじょうぶ」とマリは答えた。「前にも一度降りたから」

「○○駅で降りて、そこにお母さんがいなかったら、降りたところで待つのやで。そこから動いたらあかんで」

「うん、わかった」

妻の美奈子は、前日に神戸の実家に帰っていて、最寄りのバス停留所で娘を出迎える手はずになっていた。実家のほうで取り込むことがあって、美奈子は、三、四日実家で過ごす予定だった。

バスが着くと、マリは乗った。

「整理券を取りよ」と父は言った。「○○駅でお母さんが待っているからね」

マリは整理券をとって、バスの奥の方へ入っていった。

バスは十四時二十三分発で、一時間足らずで○○駅に着くはずである。


久しぶりに一人になって、羽を伸ばして、好きなだけ自分の世界に浸れる。せっかくの機会だから、思いきり自分と向き合って日頃できなかったことに専念しよう。

短時日ではあれ、妻も娘も不在で一人きりの自由の身になれる。彼の脳裏にそんな考えが去来したのは確かなところ。

高速バスの停留所から家に帰り着くまでの道々、彼は道端の野草を調べながら、ところどころでデジカメで写真を撮った。周辺の草は子どもの頃よく手に取って遊んだ馴染みのものだが、それが何という名なのかというと一部を除いてほとんど知らない。数年前から少しずつでもその名前を知りたいと思って、図鑑を頼りに調べはじめた。よく見ると、単にひとくくりに雑草と思っていた草たちが驚くほどに多種多様で、それぞれにみな心に触れる特徴をもっていて不思議なほどに美しい、と気づくのだ。日々の探索の中で、彼が新しくその名前を知るようになった草の数はそう多いとはいえない。イヌビユ、エノコログサ、スズメノヒエ、ヒメムカシヨモギ、オオアレチノギク、オニタビラコ、カタバミ、コモチマンネングサ、センダングサ、ホトケノザ……

道の周辺の野草に思いをさまよわせながら、自宅に向かって歩く道中で、彼はふと心にかすかな悲しみの情が漂うのを感じた。それは、空飛ぶ鳥の翼が落としていった影のようにかすかなものだったが、その実、意外に深く心にしみ込んでいるように思われた。

「これは何だろうか」と彼は自分に尋ねてみた。

「別れ？」

不安とも悲しみともつかない感情。そうだ。これは別離の感情だ。


似たような経験が過去にも何度かあったような気がした。

たとえば、ずっと昔、学生時代の最初の夏に故郷に帰ったときのことを彼は思い出した。その年の夏休み、彼は八月になって間もなく、盆を待たないまま早めに家族に別れを告げて遠い都会の下宿に向けて旅立った。故郷にいても何も意味のあることはない、都会に帰りさえしたら自分のしたいと思っている課題に思いきり自由に取り組める、という思いがあった。ところが、都会のがらんとした下宿部屋にたどり着くと、思ってもいなかったような不安と悲しみの情を感じた。別れるとき、わざわざバス停まで見送ってくれた母親の顔が心に残っていた。故郷での滞在を早めに切り上げて、まるで家族を見捨てるようにして都会に戻ったことが気に病まれて、侘しくやりきれないような心の状態に落ち込んだ。母親は、数か月後に、長年苦しんだ心臓の持病のために帰らぬ人となった。

わざわざバス停まで見送ってきた母親のことを思うたびに、彼はあのとき〈お母ちゃん〉は、もう再び息子の顔を見ることができないかもしれないと予感していたのではないか、と思うのである。

娘のマリをバス停に送り届けた後、家族のいない家に帰り着くと、屋内が意外なほど暗い感じである。いつも馴染んでいるはずのダイニング・キッチンが、この日は色あせてセピア色になった、昔の古い白黒写真のように、周囲がぼかされていて、深いもやに包まれている、そんな気がした。

彼は、デジカメで撮った写真をパソコンに取り入れて、インターネットのブログに上掲する作業をはじめた。マリが予定通り十四時二十三分発のバスに乗ったことを妻に電話で知らせておかなければと思っていたのに、彼は、そのことをすっかり忘れていた。

三時半過ぎに、妻の美奈子の携帯から電話がかかってきた。

「今〇〇駅に来たところだけど、マリちゃん、バスに乗ったの？」

「うん、乗ったよ」と彼は答えた。「えーっと……予定どおりのバスに乗った。もう着くころやと思うけど……まだ着いていないの？」

「バスはもう着いていると思う」と美奈子。「こちらは、道路がすごく渋滞して、ちょっと遅れてきたら、マリの姿がないから」

「マリには、降りた場所で待つように、念を押して言っておいたのに」

「そうなの？　とりあえず、あたりを探してみる」

そこで電話を切った。その後どうなったか。マリのことだからうっかり乗り過ごしてしまったということもありそうだし、と、父はそちらの可能性のほうを考えはじめた。あるうることだ。都会で乗り過ごしたら、ちょっとやっかいなことになる。マリはケイタイ電話をもっていない。一瞬にしていろいろ不吉な場合が予想された。マリは必要な現金をもっているので、困った場合には電話してくるとか何とかするだろう、と彼は考えた。

何でもなく過ぎていく日常生活の周辺に、思わぬ深い闇が広がっていたことを改めて知る思いだった。

通常、人は日常性の中の決まった道を決まった仕方で歩いていて、何となく安心感を得ている。けれども、この世界は決まった道ばかりで成り立っているのではない。道の周辺には、知ることのできない深い闇の地帯が広がっていて、常に私たちの暮らしを取り巻いているのだ。

その後、インターネットの作業にもどるが、自然とマリのことが気にかかって彼は不安に見舞われた。その後、美奈子からも娘からも何の連絡もない。そのことが彼の不安に輪をかけることになった。

当然のことながら、唯一の頼りである美奈子の携帯へ、彼は何度か電話を入れた。応答がないので彼女の実家にも電話してみた。けれどもどういう事情があるのか、まったく通じないのだ。おいおい連絡くらいくれよ、と思いながらも、どうしようもないので、彼はしばしパソコンに向かっていた。そうするうちに、いつしか夕方の五時になった。再びマリのことを思い出して、もう一度、美奈子の携帯に電話を入れると応答があった。マリはバスが着いた建物の別の階ですぐに見つかった、と彼女はあっさりといった。

なあんだ、連絡してくれたらよかったのに。彼はようやく胸をなで下ろすことができた。

こんなふうに、家で一人になったのは久しぶりであるような気がする。今日、明日、あさってと、三日間一人きりだから気兼ねなく気楽に過ごせる。この際、孤独を満喫しようという思いが去来する。

ただ、その割にどうも心が沈んだ状態になるのはどういうわけか。日頃、家で一人になる時間はままあることだが、今回の場合は、まったく違っている。

次第に夕闇に包まれていく空気の底で、押し寄せる不安の波に無防備に浸されているような、不安が存在の底の方から立ち昇ってくるような感じ、まったく予想外である。

〈これが孤独の味だ、これが貴重なのだ〉と彼は強いて思う。〈この機会にこれを究めてみよう〉

夕方、彼は早めに簡単な夕食を済ませた。一人の夕食もたまにはいい。今日は風呂にも入らないで、気ままにしていよう。

夕食後、彼は再びパソコンに向かった。

けれども、どうも気分のほうは、どうしようもない闇の底に沈むようである。心理的に何かを思って沈むのではなく、何も思わないのに、わけのわからない不安にすっぽりと包まれる感じだ。何だか知らない暗い穴ぼこに落ち込んで、そこから抜け出られなくなってしまったみたいなのである。

ほんの数日家族がいないだけでこんな闇を感じるのは、まったく予想外である。

おそらく彼にとって家族は自明性の砦であったのだ。それは舟がつながれている堅固な岸壁のようなもので、それが取り除かれると日常生活の自明性が消えてしまって背景にあった闇が前面に出てくるのである。

パソコンの作業を続けるうちに、ゆえ知れぬ不安がさらにますます濃厚になってきた。夜中の九時過ぎにその感じがあまりにも高じてきたので、彼はその心の状態を記録しておこうと思ってパソコンの日記を開いた。

不安について書いているうちに、不安の感じが薄れてきた。

まもなく、彼は台所の冷蔵庫から缶ビールを取り出してきた。コップに入れて飲むと、それがとても美味しいと感じられた。

8　水道の氾濫

彼は台所の炊事場の近くにいた。そこで何をしていたのか、はっきりしない。すぐ横の居間には、妻もいた。先ほど寝ていたはずの小学生のマリも起きてきたらしく、姿が見えた。

流しの横の調理台の上にかなりの量の水が溜まっていて、彼はそれを手で流しの方へはかそうとした。水は思った方へ行かずに、手前の床に落ちてきた。床が水で濡れていく。彼は床に落ちた水を拭こうと思って、「ぞうきんや、ぞうきん」といいながら、あわてて洗面所の方へいった。

洗面台の横に妙にのっぽの蛇口が立っていて、水が出っぱなしで、床がどんどん水浸しになっている。

「あ、水道の水が出たままになっているよ」と彼は叫んだ。

〈おかしいな、誰か締め忘れたのだろうか〉

そう思いながら、彼は急いで水を止めようと、蛇口の上のツマミを回しかけた。ツマミのところからパチパチと放電するような音が出ていて、彼は一瞬ためらった。手が水で濡れている。触ったら感電するのではないか。触ろうとし、危ないと思い混乱しているうちに、その部分からパンとはじけて爆発するような音が飛び出した。危ない！　彼は思わず声をあげた。爆発は小さく、物が飛び散ったようでもなかった。

こんなふうに、止められないほど詩想が氾濫してくれたらいいんだけれど、と彼は思った。

あとがき

作品集を刊行したいという考えは以前からあった。若い頃からの知友、同人誌仲間の北原文雄さんなどは志も高く、若年のころから出版されて、何冊もの本を残された。ずいぶん昔、まだ若かったころ、北原さんから「作品集を出版したらいい」とすすめられたことがあった。その後、知り合いの人びとの中でも本を出版する人があちらこちらにいて、出した本がそれなりにその人の〈存在証明〉となっているのである。

自分としても、いつかはそうしたいという思いはずっとあった。

いつも締め切りに追われながら作品を書いてきた。生来の怠け者の自分の場合、何かを書くためにはどうしても締め切りが必要だった。間際になって中途半端で未完成と思いながら提出するのだ。それでもこれまでに書いたものを数えれば相当な量がたまっていて、とても一冊の本におさまりきれない。一冊三百ページとしても、五冊か六冊くらいにはなりそうである。

ずっと若いころに書いたものも、比較的最近書いたものも、普段は読み返すのも気が進まないという気がしているのだが、たまに読み返すことがあると、ごくささやかなもの（にすぎない）と思いながらも、それなりに「捨てたものではない」と思われるから不思議である。

そのうち本にしようと思いながら、もう少し、もう少ししてからと、延ばし延ばしになってきた。

先年、母校・中学校の「創立七〇周年記念誌」発行の編纂委員長役が自分に回ってきた。前任の委員長は亡くなったばかりの北原文雄さんで、その後任は大変である。無事つとまるのだろうか、と気が進まないながらも、引き受けたからにはそれなりに責任を果たさなければならない。「記念誌」がようやく完成して発行された十月に、これを契機に今年こそは作品集の出版に踏み切ろうと決断した。それからはや二年が経ったいまもなお大きな迷いのなかにある。

しかし、いまさら〈先送りする〉年齢だろうか？

迷いながら一つの区切りとして、本を出してみることにした。

〈著者紹介〉
宇津木 洋（うつぎ ひろし）
本名　辻 正博
1943 年 淡路島に生まれる。
兵庫県立洲本高校、京都大学文学部を卒業後、
兵庫県職員として 33 年間勤務する。
地域の同人誌に小説等を発表してきた。
兵庫県洲本市に在住。

離れ座敷で見る夢

2020年 7月 3日初版第1刷印刷
2020年 7月 9日初版第1刷発行
著　者　宇津木洋
発行者　百瀬精一
発行所　鳥影社（www.choeisha.com）
〒160-0023　東京都新宿区西新宿3-5-12トーカン新宿7F
電話　03(5948)6470, FAX 03(5948)6471
〒392-0012　長野県諏訪市四賀 229-1（本社・編集室）
電話 0266(53)2903, FAX 0266(58)6771
印刷・製本　シナノ印刷

定価（本体 1400円+税）

ISBN978-4-86265-819-7　C0093